學渣大逆襲

下

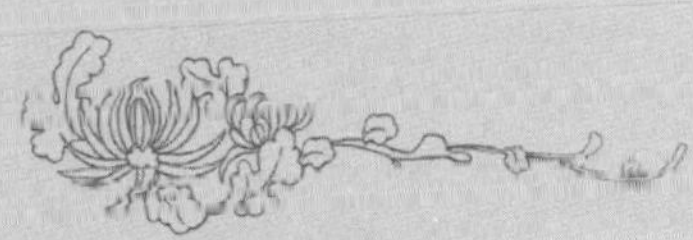

風文創 931

鍾心 著

目錄

第三十一章

謝如初對著學生們說道：「此次事件老夫定然會查清楚的，你們今日便都歸家去吧，至於旬考的成績，會派人送上門的。」

現在的嶽山書院更像是一個靶子，他不能夠教學生們再待在這裡了。嶽山書院已經混進了閒雜人等，看來是上一次沒有徹底清理乾淨。謝如初讓學生們回家一方面是為了保證他們的安全，另一方面也是為了排除他們中間是否有人有問題。

若不是學生，便只會是夫子們或者雜役們了，到時候，也更好清埋。

謝如初面上很是沈著冷靜，心中卻是無奈嘆氣。樹欲靜而風不止，總是冒出來一些神神鬼鬼的東西。

「是，山長。」一眾學生對著謝如初行禮，而後一個個離開了食堂。不管有沒有吃飽，他們現在都沒有心情吃飯了。嶽山書院接二連三地出事情，的確是讓他們心中有些不安。

不過，嶽山書院這麼多年來屹立不倒，大家也都是相信山長的；而且皇上也有可能會插手，事情必然會處理得水落石出。等到他們放假回來，事情定然就已經解決了，一切又會恢復到原來的樣子。

「阿冉？」沈淵幾人走到了最後頭，他發現秦冉的臉色不太對勁，伸手抓住了她的手，只覺得很是冰涼。「怎麼了？」

「我……」秦冉的臉色有些蒼白，額頭上還滲出了細汗。「我只是想到，剛才我們幾個都喝了鯽魚羹，你也差點喝了，有些後怕。」不知道為什麼，她總覺得背後有一種陰風陣陣似的感覺，就好像被什麼給盯著一樣。

秦冉這輩子的十五年過得很是舒心，除開煩惱成績，當真是沒有半點不如意的，今天卻面對生死交關，自然被嚇到了。

她咬了咬唇，有些懊惱自己的膽小。

沈淵抓住秦冉的手抓得更緊了些。「莫要害怕，我在妳身邊。」

「嗯。」秦冉點頭，反手握緊了沈淵的手。她覺得自己要更加努力、更加勇敢才行，這裡的危險其實一點都不少，只是她一直被父母、兄長、阿姊還有師長庇佑著，從來沒有面對過危險。

可是現在不行了，她漸漸長大，不能夠讓大家一直保護著，至少，她要不扯大家的後腿才是。

其實秦冉不知道的是，沈淵的心中也是後怕不已。想到如果倒在那裡的人是他的小阿冉，便覺得心被揪緊了一般。

他的眸色一深。看來，自己也要更為強大才是，不僅是他的小阿冉，還有他的家人、朋友，甚至是更多人，都需要他強大起來才行。

沈淵和秦冉走在最後頭，但是方雨珍卻是忍不了了，一路朝著寢舍狂奔。

她救人的時候可以臉色不變分毫，但是現在對於自己衣裙上髒東西的嫌棄也是真情實感的，就算是用帕子擦了，但是她還是覺得髒啊！

所以，她一定要趕緊跑回去梳洗更衣才行。只是大家都走同一條路，她又不想蹭到別人，別人也會難以忍受的，就走得艱難了些。

只不過，後來就很是容易了，因為有人在前方為她開道，讓她走得順利。

「謝謝你，阿清。」就算是現在情況不好，方雨珍也還是對著唐文清笑了。阿清人真好，一直都在幫自己呢。哎呀，她其實就只是收拾了唐文海一頓而已，阿清太客氣了。

「不必謝。」唐文清沒有回頭看，只是在前方開道。他怕自己若是回頭了，會教方雨珍發現自己的不對。

方雨珍的臉頰微微泛紅。除了爹爹和兄長們，阿清還是第一個對自己這麼好的郎君呢！自己現在身上臭臭的，連自己都嫌棄，旁人也都是走得遠遠的，但是只有阿清不嫌棄，還幫自己，他真是和別人不一樣呢。

唐文清沒有看見，方雨珍瞧著他的眼神，不再是單純看著朋友的眼神了。

今日的嶽山書院休沐放學比以往多了幾分緊繃，學生們的臉上也沒有了往日的輕鬆。

書院中，東先生、慕容大夫還有謝如初坐在了一起。

謝如初看著慕容大夫，神情冷肅。「果真是蠻族的毒藥？」

慕容大夫點頭。「那是自然，這我哪裡能夠弄錯呢？」

謝如初眉頭緊鎖。「蠻族南下之心不死，一直想要在大魏朝中攪風攪雨，沒想到，手都伸到嶽山書院來了。」

東先生的手中拿著一把團扇，一晃一晃的，面上的笑容嫵媚傾城。「我們這些老東西不過是略微放鬆，便有人找死了呢。」

慕容大夫看了東先生一眼，她不過三十就說自己是老東西，那麼他這個六十幾的怎麼說？這個女人，還是這麼討人厭。「我們防範得嚴，他們也就只能鑽小空子，否則，場面會更加不好收拾。」

想也知道那些鑽進來的小蟲子是找不到別的辦法了，這才想要透過學生的死教整個嶽山書院乃至京城都為之分身乏術，好能籌謀別的。嶽山書院的學生大多是權貴之子，即便是死了那麼幾個，也會掀起大風浪的。

東先生對於慕容大夫的眼神視而不見。「山長，我怕是要休息一段時間了，舞蹈課換一位夫子來上課吧！」

謝如初的眉眼微微一動。「東先生要做什麼？」

「沒有什麼啊。」東先生的笑容一如既往的美豔，卻帶著不盡的殺意。「不過是來一場千里追殺。」書院的學生都是她護著的人，豈是他人可以動的？

秦冉推開了窗子，帶著青草味的空氣就飄了進來。昨晚下了大雨，今日的空氣都清新了許多。

「二姑娘，」杏月挑了簾子進來。「老爺、夫人那裡派人傳話過來，說是讓二姑娘過去呢。」

秦冉疑惑。「讓我過去？為了什麼呀？」

杏月小心地笑了笑。「說是嶽山書院來人，將成績單送了來。」

秦冉睜大了雙眼，滿眼的不可思議。她才回到家中，嶽山書院的夫子們這就將成績都整理出來？還全都送到家了？她本以為嶽山書院出了事情，成績單會晚個兩天。

結果，不僅沒有晚，反而還更快了些。頓時，秦冉的心中便有些哀怨。

杏月默默地移開了眼。二姑娘瞧著實在是太可憐了些，自己頂不住這種眼神啊……莫看莫看。

秦冉無奈嘆氣，又想著，算了，好歹自己還睡了一個好覺呢。若是昨晚送來的話，她說不定就要連一個好覺都沒有了，這樣一想，好像又莫名覺得幸運了。

「走吧。」秦冉蔫頭耷腦地出了屋子，朝著正堂的方向走去。這一路上，心中都在默唸：考得更好些，考得更好些，考得更好些！

她的小夥伴們可都是學霸，若是自己實在考得太差的話，總覺得無言面見江東父老。

正堂中的四人正在看秦冉的成績單，聽見下人請安的聲音，抬頭就看見走進來一個蔫頭耷腦的人。四人都不由得笑了出來，笑聲雖不算大，但是四人的聲音加起來，卻也是不小了。

秦冉哀怨地看著自己的爹娘和兄姊。說好的疼愛家中幼女呢？莫不是在騙她吧？

「咳！」秦睿輕咳了兩聲。「阿冉，過來看看，妳的成績單送到了。」

於是，原本是要給自己小妹解圍的秦睿就收到了更為哀怨的眼神，下一刻，他便沈默了。嗯，這算不算是弄巧成拙？

秦岩對著秦冉招手。「阿冉快過來，妳可知道，妳這次考得太好了！」

「真的嗎？」秦冉渾身的哀怨頓時散了。「我這次真的考得好嗎？」

「那是自然。」柳氏點頭。「難不成爹娘還能騙妳不成？快來看。」

「嗯。」秦冉這下子樂顛顛地跑到了柳氏的身邊，接過了那張成績單。「禮節甲中，舞蹈甲上。」這兩科都是老樣子。「樂器乙下，馭車乙下。」啊哈，這兩科有進步！「騎射甲中，書法和算學是乙中，律法甲下。」大進步啊！「策論，甲下。」

秦冉簡直不敢相信自己的眼睛，雙眼都瞪圓了。「爹爹、娘親、兄長、阿姊，我沒有看錯吧？我、我真的進步了，而且是好大的進步！」尤其是策論啊策論，她居然得了甲下，太不容易了！終於是守得雲開見月明了。

秦婉伸手摸了摸秦冉的頭髮。「沒有看錯，我們家阿冉現在可厲害了。妳瞧瞧，比上次旬考高出那麼多呢。」

「就是。」柳氏點頭，看著秦冉的眼神憐愛不已。「我們家阿冉這般聰慧，進步是必須的啊！」

秦岩和秦睿相比起柳氏和秦婉更為收斂些，但是瞧著他們的神情也是這般認為的。就說了，他們家阿冉不是小傻子，她只是還沒有開竅。瞧瞧、瞧瞧，這進步多大啊，要是這樣一直進步下去，將來說不定每一科都是甲上呢！說不定，還能夠拚一拚首席畢業生呢！

秦家人開始異想天開了。

被家人的誇讚誇得有些飄飄然的秦冉笑得靦覥，但若是她知道了家人們是這般想的話，說不定嚇得立時就摔在地上了。這樣的成績都是她平時拚死拚活且還是有人輔導的情況，還首席畢業生呢，想都不要想。

這時，秦冉的眼神動了動。「其實，這一次我能考得好，要感謝我的朋友，他不僅平時幫著我，我們還考前一起複習了呢。」

秦婉訝異。「阿冉說的可是阿昭她們？但是往日裡，她們也不是沒有幫過妳啊。」其實她和兄長不是沒有幫著阿冉學習功課，可是不知道怎麼的，就是不行，反倒還打擊了阿冉的自信。

於是，秦婉和秦睿便再不像以前那般硬逼，除了在箭術上較為執著些，至於為何執著於箭術，當然是因為他們家阿冉的力氣大，就是差了些準頭。可惜啊，他們還是沒有教會阿冉就是了。

「嗯，是阿昭他們。」秦冉袖子裡面的手指又不由得絞在了一起。「其實這一次不是只有阿昭和阿雨，還有沈淵他們三個；還有這次的策論，山長也助我良多。」其實除開這一次的六人總複習，之後的日子都是沈淵幫著她的。

在山長那裡學習的時候，不管是哪一科，沈淵都會細心地幫她，除開舞蹈，她每一科的進步都有沈淵的功勞。

嘻嘻，這樣想起來，有一個學神男友真好！

「是嗎？」秦岩笑了。「阿冉交的新朋友很好啊！」互相幫助、互相進步，多好的孩子。

「張姊姊那般人物教養出來的孩子，自然是差不了的。」最近這段時間裡，柳氏和張氏的關係越加親密。「而且沈郎君是京城有名的端正君子，他能夠相幫，再好不過了。」

張氏出身世家大族，若是她想要教一個人喜歡自己的話，那當真是易如反掌的事情。張氏本不過是想著自己兒子將來要將人家女兒娶回來，那麼兩家的關係總是要近一些才好。

於是，張氏就主動接近柳氏，而後發現她的性子和自己脾胃相合，來往便多了；短短的時間裡，兩人都開始稱姊道妹了。

在張氏那裡「無意間」聽到的許多關於沈郎君的話，還有他在京城之中的名聲，自然是教柳氏放心不已；現在還知道沈淵幫了他們家阿冉，那好感更是蹭蹭蹭地上升。

「嗯。」秦冉點頭。「我和沈淵一起在山長那裡學習策論，不管我多麼笨，他都很耐心，他人可好了。」

秦岩微微沈思。「如此，是不是應該送禮上門道謝？」

柳氏瞪了秦岩一眼。「沈郎君是阿冉的朋友，若是我們送禮物上門，豈不是讓他們不好來往了？畢竟盧郎君也是阿冉的朋友，難道我們也要送禮物嗎？」孩子們的交往不能讓家長插手，不然就變了味了。

他們秦家雖然沒有要攀附的意思，但是在外人眼裡看來卻未必如此，若當真是如此的話，豈不是教人看輕了阿冉？

秦岩這才反應過來，歉意地笑了笑。「是為夫傻了，娘子莫怪。娘子當真是賢內助，若然沒有了娘子，為夫真是不知道該如何是好。」

柳氏聽著秦岩這話，耳根子微微熱了起來。「這本就是身為妻子應當做的，不值得夫君這般說。」

「不是如此，為夫能得娘子，那是人生一大幸事。」

第三十二章

秦睿、秦婉和秦冉三人走出了正堂，三人面上的表情如出一轍。爹娘這麼多年了一如既往地恩愛，的確是很好啦，但是也要稍微顧及一下自己的孩子們啊！唉，每次都被迫看著他們秀恩愛，很是無奈。

秦睿和秦婉同時伸手摸了摸秦冉的頭。嗯，小妹關於這個秀恩愛的說法實在是再正確不過了。爹娘是真愛，他們是意外啊！

意外之一的秦冉很快就恢復了精神。「兄長、阿姊，下午我想要出去一趟。」

秦睿疑惑。「妳要做甚？」

秦冉揮了揮手中的成績單。「我可是進步了呢，去鴻禧樓訂一個雅間，感謝一下大家啊！」然後，她就可以見到沈淵了。嘻嘻嘻，她可真是機智。

秦睿還在沈思，昨日嶽山書院發生的事情實在是讓他憂心不已，今日阿冉就要出門，他放心不下。

秦婉卻是同意了。「沈郎君和盧郎君畢竟身分不同，來我們家一次尚可，來得多了，教人覺得我們攀附，所以阿冉在外面請客也是不錯。再說，六個人在一起呢，能有什麼事情？」

她和秦睿的能力出眾，比之腦子相對剛直一些的秦岩更知道如何適應官場人情，所以他們兄妹二人將來必然不可能屈居於人下，自然不願意被人說是攀附。主要也是他們幾家沒有正當關係，他們兄妹不願意牽扯了阿冉，令她為難。

秦睿也想明白了。「如此也好，那午後我送妳出門，晚飯前接妳回來。現下就讓人去各府中下帖子，邀請他們同去。」

若是單純只有沈淵一個人和阿冉相見，他自然是不放心的。在他心中，他們家阿冉千好萬好，每個男人都要警惕。

不過現在是六人見面，自然無甚好擔心，路上他送阿冉過去，再接阿冉回來。阿冉的朋友裡不管是武功還是醫術，都可保平安；再者鴻禧樓還是公主名下的產業，更是無人敢鬧事。

這樣一想，秦睿可算是徹底放心了。沒有危險，小妹可以去。

秦冉高興不已。「謝謝兄長！」說完，她就轉身跑回了屋中，趕著寫帖子去了。她可要早一點將帖子送過去，不然他們有事情出門，可如何是好。

尤其是沈淵。

一想到自己心上的那個人，秦冉磨墨的手就停了下來，眉梢眼角滿是笑意。雖然昨日就見過他了，但還是好想他，很快又能夠見到了，真好。

砰——

御書房中，明帝扔了手中的茶盞，怒不可遏。「為什麼嶽山書院又出事情了？知不知道那些學子將來都是我大魏的可用之才，若是嶽山書院頻頻出事，還有誰會去嶽山書院?!」

想當初，天下讀書人幾乎盡歸世家，讀書人是只知世家不知皇家；若不是開國長公主憑著手上的實權創辦了嶽山書院，從世家的手裡撕開一個口，再用活字印刷術和造紙術削減世家的許多優勢，他們魏家能夠坐穩這天下之主的位置嗎？

儘管這麼多年來，寒門士子的數量已然足夠多了，足以和世家平衡，但若是這平衡被打破的話，大魏朝難免陷入風雨之中。

嶽山書院對於大魏朝很是重要，這是唯一一家教世家也承認的書院，能夠讓那些真正品行高潔的夫子願意出任的書院，倘若嶽山書院出了事情，那麼對於皇家的影響，自然是不必言明的。

是以，嶽山書院一再出事，令明帝是怒不可遏。

下方跪著一人，面容普通，身形削瘦，若是在街上遇見了，除非是過目不忘，否則根本就不會注意到這人。此人便是明帝的暗衛，暗一。

「皇上，東先生傳來消息，她想帶著人前去蠻族。」

「嗯？」明帝微微挑眉。「東先生？這是為何？」

「東先生傳給屬下的消息是，她要去討還這筆債，她的學生，不容別人插手傷害。到時候，若是蠻族出了問題，還望皇上見諒。」

明帝舒心地笑了。「見諒，朕自然見諒，教她放心去吧！」他痛恨蠻族，若不是因為先帝折騰那些年，教大魏朝的實力下降不少，百姓艱難，他早就整兵出發，剿滅了蠻族。

他永遠都不會忘記自己的伴讀、好兄弟，同時也是唯一的朋友就是死在蠻族人的手裡。他當年臨走之時，還叫自己為他擺慶功酒，說是一定會回來吃上。結果呢，他看到的只有冷冰冰的屍體。

是以，不管是為公為私，明帝都對蠻族痛恨不已。那是他第一次怨恨自己無能為力，也是那個時候才開始真正下定決心要爭奪這至尊之位。

先帝沒有嫡子，又偏愛順王，若是他不爭，難保順王不被放出來。是以，明帝下了狠心去爭取，在先帝面前表現得很是友愛兄弟，先帝還以為他登基之後會按照遺言照顧順王。

可盧家大郎的死，順王也是原因之一，他如何能夠放過？

但是對於蠻族，因為大魏朝當時也是風雨飄搖，明帝只能忍下來。近年來，大魏元氣開始慢慢恢復，他還想著是否要對蠻族用兵，結果蠻族倒是先行出手了。

東先生肯出手再好不過，反正不管她怎麼玩，蠻族也沒有那麼容易滅族，不必擔心。

看著明帝的心情變好，暗一鬆了一口氣。「嶽山書院已經查明了，當時其實是將毒藥放入了冰塊之中。近來天氣炎熱，嶽山書院每個人都喜歡用點冰，只是還沒有到全面使用冰塊的時候，就有人因為鯽魚羹中毒了。」

明帝問道：「如何中毒的？」

「查清楚了，有個人在舀鯽魚羹的時候貪涼，不慎將冰塊掉入了那一碗鯽魚羹之中。他本想要撈出來的，但是端菜的人不知，直接拿給學子了，這才有了中毒一事。」

「嗯。」明帝點頭，如今倒覺得這也算是一件幸事了。若不是這個意外的人，那麼嶽山書院算是完了。裡面那麼多的學子泰半都是官家子弟，出事可是要引起朝堂動亂的。「被收買的人如何了？」

「謝山長本是想要交給我們，只是慕容大夫非要了去。」暗一頓了頓。「說是他正好需要一個活人用來試藥。」慕容是他們的前輩之一，他們對他的手段也是聽過一二的。

明帝的嘴角抽了抽。「退下吧。」

「是。」話音剛落，暗一就消失了。

明帝想起了慕容大夫的那些手段，不由得同情了一瞬間。若是落到了他的手中，不過就是一死而已，可落到了慕容大夫的手中，怕就是生不如死了。

活該啊，嶽山書院的一些人是從暗衛中退出去的教習，他們是在嶽山書院養老的，將嶽山書院看得極為重要。結果呢，一而再地搞事情，難怪退休之後懶怠不已的東先生都出手了。

想到接下來可能會收到的關於蠻族「好事」的線報，明帝開心不已。於是他決定將盧紹成喊來，問問他的功課。臭小子這次的旬考可不要考得差了，不然他可是要生氣的。

鴻禧樓中，秦冉被秦睿送來了以後就待在雅間。秦睿倒是想要跟著一起等到人來了再說，可是上衙時間已然到了，不能再遲了。於是他只好留下了家中護衛，自己去上衙了。

雅間中，秦冉雙手撐著桌面上，雙手托腮，百無聊賴。怎麼大家還不來呢？

叩、叩！

有人敲門了。秦冉瞬間就坐直了身子。「請進。」

沈淵推門進來就瞧見門內的人轉身看著自己，那雙眼睛在看到自己的瞬間變得晶亮起來。他的眉眼，登時就柔和下來。

他走了進去，反手將門關上。「阿冉。」

「沈淵。」秦冉站了起來，往前幾步走到沈淵的面前，便停下了腳步。「你來了。」

沈淵微微頷首。「嗯，我來了。」

秦冉仰頭瞧著沈淵，她想要說她好想他，卻又說不出口，於是，她便這樣看著他。

只是秦冉不知道的是，她的樣子就說明一切，畢竟滿眼相思都快要滿溢出來了，誰會瞧不見呢？

沈淵伸手將人攬入懷中，感受著懷中人的溫度，他輕輕地喟嘆了一聲。他當真是知道什麼叫做入我相思門，知我相思苦了。不過是短短的一日而已，便教他這樣受折磨。

所以，果然還是要早些提親才是。

秦冉突然被抱了個滿懷，一開始愣了愣，而後回過神來卻也捨不得將人推開，就這樣待在他的懷中。

良久，沈淵方才將人給放開。他拉著秦冉坐在椅子上，不錯眼地瞧著她。「我出門前，阿成派人傳來了消息，說是他被皇上扣下詢問功課，怕是不能過來了。」

「哦，這樣啊。」秦冉點點頭。「阿成真慘，還是逃不過啊。」盧紹成努力複習考試就是為了能夠從明帝手裡逃脫，結果還是落到明帝的手裡了。嗯，就一個字——慘。

不過正是因為明帝教育盧紹成和教育太子不相上下，花費的心血頗多，才讓所有人都知道，明帝是當真喜愛他，而不是以往那些所謂的帝王之術。

沈淵的眼神微微動了動。「還有阿清，他也說家中臨時有事，不來了。」其實並不是的，當時唐文清已然和沈淵會合，只是他一聽到阿成不能來以後，便也不來了。

「他們都不來了啊？」秦冉訝異。「怎麼這麼巧呢？阿昭和阿雨也說有事情脫不開身，也不來了。」在沈淵來之前就有丫鬟進來傳話，說是兩人都不來了。

秦冉摸摸頭。所以還是自己選的時間不好，大家都沒空？

沈淵的嘴角帶著笑意。「剛剛休沐，家中事務繁多也是正常的。」並不是的，是他特意叫唐文清去攔了那兩人，叫她們不要來的。他自從那日後就沒有和阿冉單獨見面，想著這次機會難得，自然是要爭取一番。

原本孔昭和方雨珍定然是不能夠讓秦冉單獨和沈淵相處的，可是誰教秦冉在離開書院前就和她們坦白了自己和沈淵的事情。於是，這兩人便覺得至少應該有成人之美，也不來了。是以，現在來鴻禧樓赴約的人，就只有沈淵一人了。

「如此說來也是。」秦冉不知道這其中因由，覺得沈淵的話很是有理。她微微嘆氣。「早知道就換成明日了，今日大家都無有空暇。」

她拿到成績太高興了，倒是忘記了這個時候大家可能最忙碌。唉，失策啊失策。

沈淵握著秦冉的手不放，面上的笑意仍舊如春風一般。「怎會，不是有我嗎？能夠見到阿冉，我甚是高興呢。」

秦冉的臉突的一下就紅了，低下頭，登時不說話了。她死死地盯著自己的衣裙，就好像對上面的花紋起了興致一般。

沈淵笑了。「怎麼，阿冉不是如此想的？還是說，妳並不想見到我？」

「沒有的，我也想……」秦冉猛地抬起頭來，而後見著沈淵眼中的戲謔便知道他是騙自己的。「哼！」

沈淵伸手點了點秦冉的鼻尖，帶著寵溺地說道：「是誰家的小豬在哼哼呢？」

秦冉微微仰著下巴，眉目間帶了些微的得意。「我當然是秦家的——」

「當然是沈家的小豬了。」沈淵截斷了秦冉的話。「不，是我的小豬。」

「誰……誰是……你、你家的了？」秦冉說話都說不順了。

「等到上門提親以後，妳自然就是我家的了。」沈淵伸手為秦冉理了理鬢邊的碎髮。

「不是嗎？」

「提親?!」秦冉整個人都呆愣住了。「怎麼、怎麼就提親了？」

「嗯？」沈淵的手一頓，眸色深沈地瞧著秦冉。「妳我兩情相悅，上門提親再是正常不過了。還是說，阿冉不想我上門提親？」

沈淵眼底的墨色越發濃厚了起來。他的未來計劃之中已然有了秦冉，怎麼能夠同意她將來不存在呢？

第三十三章

「沒有，我沒有不想！」秦冉雖看不懂沈淵眼中的深意，卻很快就否認了。「我只是……只是覺得有點突然。」

聽了秦冉的話，沈淵眼底的墨色散去，雙眼開始明亮起來。「怎會突然？在我明白對阿冉的心意之後，我的未來之中便有妳的存在了。」

秦冉還來不及察覺沈淵的異樣，便被他的話給甜到了。「我……我的未來，也是有你的。」她抬頭便望進了沈淵的雙眸之中，彷彿整個人都要被他拉進他的世界一般。

沈淵倏然笑開了，將人擁入懷中。「阿冉，我很高興。」

秦冉靠在沈淵的胸膛上，感受著他的溫度，聽見了他的心跳聲，整個人彷彿被溫水給包圍了一般，暖暖的，很安心。

叩、叩、叩！

雅間的門被敲響了，秦冉嚇得立時就從沈淵的懷中出來，死死地低著頭，雙手拽著自己的衣裙，面紅耳赤的。

沈淵的心中一陣失落。「誰？」

「客官，」雅間外面傳來鴻禧樓店小二的聲音。「請問您要點菜了嗎？今日本店的特色有蓮花鴨籤，若是晚了，怕是就沒有了。」

「阿冉，」沈淵看著秦冉，神情越發地柔和起來。「妳可要吃這道菜？」

「要！」秦冉也聽到剛才店小二的話，顧不上什麼害羞不害羞的，這鴻禧樓的特色菜可是很少的，錯過就沒有了，她才不會錯過呢。

沈淵微微高聲說道：「將店中的拿手好菜隨意上幾道，外加這個蓮花鴨籤。哦，對了，還要一壺梅子湯，加冰塊。」

「好咧，客官。」店小二聽完了便轉身下樓去廚房，趕緊為客人們點菜去了。

雅間裡，沈淵笑看著歡喜不已的秦冉，而後說道：「阿冉，既然如此便說定了，待我回家稟明父母，便去秦家提親。」

「啊？」秦冉抬頭，詫異地看著沈淵。

「沒有、沒有，絕對沒有。」秦冉趕忙堅決表現自己的態度。「我怎麼會不願意呢？我可願意了。」

沈淵的笑意漸弱。「阿冉不願？」

「那就再好不過了。」沈淵伸手點了點秦冉的鼻尖。「阿冉等我。」

「哦。」秦冉整個人都暈暈乎乎的，彷彿置身雲霧之中。

她這是被求婚了吧？古代版求婚？她……她不是剛剛談戀愛沒有多久嗎？這算不算是一步到位？

滿腦子都是疑問的秦冉整個人都暈了，以至於後來那道自己想了很久的蓮花鴨籤上菜的時候，都是食不知味。

秦冉是不在狀態，沈淵卻很是開心。而且有點呆愣愣的阿冉甚是可愛，他餵給她吃什麼都乖乖地張嘴，這給了沈淵一種難以言喻的成就感。若不是後來時辰漸過的話，他實在是捨不得送她回家。

至於秦冉，等到自己回過神來時，就發現自己已經到家了。她正要開口喊人去給秦睿傳消息，通知自己已然回來了，這才想起來，其實方才沈淵已讓人去傳消息了。

秦冉晃晃悠悠地進了自家大門，不由得走到了正院。

「阿冉，回來了。」柳氏看著自己的小女兒，立時就放下了手中的帳本。「今日玩得如何，可招待好了其他人？」

「娘親。」秦冉還有些呆愣，看著柳氏那張關切的臉，不由得把心中的話說出來了。「娘親，沈淵說過兩日上門來提親。」

「啥？」柳氏頓時也傻了。她愣了片刻，而後上前牽過了秦冉的手，摸了摸她的額頭。「傻女兒，妳沒有得了風寒發燒，怎麼傻了呢？沈淵是誰，怎麼會向妳提親啊？」

雖然在柳氏的心目中，她的女兒自然是上上好，但是她也是有自知之明的。這沈淵乃是京城之中最受歡迎的郎君，多少女子哭著喊著想要嫁給他，她的阿冉啊，實在是搆不上啊！

秦冉本來還覺得自己是不是不應該直接說出口，但是柳氏的態度卻教她有些鬱悶了。「娘親，您這是不相信我啊？」

柳氏拍了拍秦冉的手。「娘親不是不相信妳，只是做人要實誠，不能……」

「娘親，前些日子沈淵就說他喜歡我了。」秦冉不服氣。「他今日也說了，回去稟明了父母以後就著人上門來提親。這不是您女兒瞎想出來的，這是真的。」

「啊？」柳氏認真瞧著秦冉的樣子，確認她的確不是在撒謊，整個人都呆滯了。「阿冉啊，妳說的沈淵是嶽山書院乾字院天字班的沈淵，是沈家的沈淵，沒有錯吧？」

秦冉重重地點頭。「對啊，就是妳想的那個沈淵啊！」看著柳氏震驚不已的樣子，她突然開始自豪起來。哼，是不是沒有想到她這般厲害？

「我……」柳氏的身子往後退，坐在了椅子上。「妳讓我緩一緩啊，緩一緩。」

秦冉眨眨眼，乖巧地點點頭，而後就站在柳氏的面前，等著她緩過神來。若是從表面上來看的話，還真的是一副母慈女孝的場面。

「阿冉啊，」半晌，柳氏總算是回過神來了。「妳剛才是說，沈淵他說要上門提親，對吧？」

秦冉點頭。「嗯。」

柳氏上下地打量著自己的女兒，喃喃地說道：「這沈郎君怕不是被什麼迷了眼吧？」

秦冉默然無語。娘，您可真是我親娘啊！

「什麼被迷了眼？誰被迷了眼了？」秦岩踏步從外頭走了進來。「娘子、阿冉，妳們在說些什麼？」秦岩向來不愛應酬，除非是真的推脫不開的，不然他都是下了衙就直接回家。雖然有人說他是家有河東獅，不敢在外面多停留，但是秦岩向來不以為恥、反以為榮。他們只是不知道家中有人全心全意在等待自己是什麼樣的感覺而已，這種可憐人，不必過多計較。

只是今日，秦岩下了衙直接回來，就聽見了奇怪的話。他的心中一緊，該不會是有什麼不對的吧？

柳氏抬頭看著自己的夫君，嘴巴張了又合上，老半天才說道：「阿冉說沈淵要上門提親。」

「沈淵？」秦岩瞪大了雙眼。「是哪個沈淵啊？是嶽山書院乾字院天字班的沈淵，是沈家的沈淵嗎？他來提親？給阿冉？」

對上秦岩震驚不已的目光，秦冉點頭。「爹爹、娘親，你們不要覺得是我在騙人，這是真的啦！哼，沈淵喜歡我有什麼奇怪的嗎？」要知道，積極地想要提親的人可是沈淵呢。

被秦岩和柳氏不信任的態度逼得有點小脾性的秦冉有些不滿地噘著嘴，她可是有人喜歡的，很喜歡、很喜歡的那種。

秦岩和柳氏面面相覷，看來和之前的秦冉是一模一樣，暈暈乎乎的。他們並不是在乎家世，但就成績、人品、樣貌、風姿來看，沈淵絕對是翹楚。他們再是看重自己的女兒也不得不承認，比她成績好、樣貌好的女子，這京城之中是絕對不少的。

這樣的沈淵，喜歡上他們家阿冉，還說要上門提親？不會是騙局吧？

「什麼沈淵？什麼提親？」秦睿大步地邁步進來。「爹娘、阿冉，我剛才聽見的是真的嗎？」

秦婉也緊隨其後走了進來。他們本是想要早些下衙回家為小妹慶祝她考試進步的，可一進門就聽見不得了的消息，將他們兩個人炸得暈頭轉向。

秦岩和柳氏一人一句將事情的前因後果說了個清楚，秦睿和秦婉聽完，轉頭盯著秦冉。

秦冉被秦睿和秦婉嚇了一跳，下意識地往後退了一步。「兄長？阿姊？」

秦睿的臉色難看。「莫怪我之前就覺得不對，原來是那個沈淵包藏禍心。」他早就覺得奇怪，他家小妹向來都是循規蹈矩，身邊最好的朋友除了孔昭就是方雨珍，這個沈淵不知道是什麼時候冒出來的，還一副好人的樣子指點阿冉的功課。

之前他雖覺得怪怪的，心中卻也認可沈淵的品行，也就放心了。結果呢，結果呢！他就是不懷好意，想要將他家小妹叼走！呵，可能嗎？想得美！他要是不收拾一下那個姓沈的，怕是以為自己能夠騰風而起，扶搖直上九萬里了。

秦冉看著秦睿暴怒不已的樣子，心裡惴惴不安，又是後退了幾步。嗚嗚嗚，兄長看起來好嚇人啊！

秦婉卻是一把就將秦睿給推開，自己竄到了秦冉的面前。「阿冉，妳當真拿下了沈郎君？妳可真是太厲害了，多少女子都盯著沈郎君呢，哪怕是大了他四、五歲的都等著呢！沒有想到，竟然被妳拿下了。」

相比秦睿那種妹妹給叼走了的心痛，秦婉不僅不難過，反而很是高興。她認識的不少女子都在等著沈淵，不管是仗著才氣還是仗著容貌或者仗著家世的，她們都想要成為沈家少夫人。

畢竟像沈淵這般完美的郎君實在是少見，能不教人想著嗎？但若只是想著的話，秦婉也沒有話說。她自己不想，不能夠讓別人不想。可是她們的能力沒有自己強，便要從她的身上找回優越感。

可惜了，秦婉除開家世差一點，什麼不比她們強？就算是家世也沒有多差，他們家雖是寒門出身，可是家風清正，後院沒有半點髒污，哪裡比不過她們呢？

於是，這些人就開始攻擊她的阿冉，那種嘴臉實在是令人厭惡。秦婉早就看不慣她們了，心想，果然和嶽山書院出來的人不能比。

現在，她們都敗了，敗給她的妹妹！這教她如何不激動呢？

秦冉看著完全不敢相信自己女兒真的有人要的爹娘，還有一副隨時要暴走的兄長，以及得意不已的阿姊，整個人心累不已。

啊，這當真是親生的啊！能不能給一點正常人家會有的反應呢？

秦冉說道：「我……」

「嗯？」四人的目光全都投注在秦冉的身上，看她到底想要說什麼。

「我要去休息了，哼！」秦冉氣憤地朝著房間的方向走去。她現在不高興了，她要休息了。哼，一群大壞蛋！

秦婉眨眨眼，聳了聳肩。「看來阿冉有點生氣哦。」每當阿冉生氣的時候，總是會這樣氣呼呼，兩頰氣鼓鼓的，可愛極了。「爹爹、娘親、兄長，這肯定都是因為你們。」

反正肯定不是因為自己，自己多麼支持阿冉。秦婉很是心安理得地將自己從中摘出來，她這般支持阿冉、相信阿冉，阿冉肯定不是因為她才生氣的。

秦岩有點委屈。「我也只是不敢相信而已，只有一點點不敢相信，沒有很多。」那可是沈淵，成績、人品、相貌、家世樣樣出眾，哪怕他不擅交際也是知道的，不知道多少人想要他成為自己的乘龍快婿呢。

就連皇上也是心動不已，可惜公主早就出嫁了，其他的郡主、縣主又不值得皇上費心。所以，當阿冉說沈淵會上門提親的時候，他自然第一反應是不敢相信。

柳氏直接忘掉了自己之前的樣子，很是理直氣壯地說道：「阿冉說的我都是相信的，我才沒有不相信她！」

秦睿瞧著爹娘都改變了態度，整個人都呆滯了。「我……」

「嗯？」三人直勾勾地看著秦睿，彷彿在問：難道你也不相信嗎？

「我沒有不相信阿冉，我只是覺得那個沈淵圖謀不軌。」秦睿要氣炸了。「他這是先從阿冉身上下手了啊，心機如此之深，將來阿冉若是被欺負了，我……」

「兄長，」秦婉卻是開口了。「你覺得，若是連沈淵都會欺負人的話，那麼阿冉將來要嫁給誰呢？」

「我……」秦睿想要舉例說出幾個人，但是在沈淵的對比之下，他原本瞧上的那些妹婿候選人就全都沒了半點優勢；且不說其他的，單論人品，再是如何，沈淵也比其他人高出一大截。

雖然都說人心易變，可若是連沈淵的人品都不能相信的話，那麼他選的那些人難道就可以相信了？不，哪怕不願意承認，但是秦睿也是知道的，比起自己選的那些人，還是沈淵更值得信賴。

被秦婉這麼一句話給堵了回來，秦睿很是不滿意。「那就讓阿冉招婿，反正妳我都不在乎這些，莫要教阿冉吃虧就是了。」

聽見這話，秦婉很是不友愛地朝著秦睿翻了個白眼。「若是教阿冉招婿的話，還不如乾脆我們兩人養她一輩子，莫要讓她嫁人了。」

柳氏也是瞪了自己兒子一眼。「不懂就莫要亂說。」

「我……」秦睿啞口無言。

第三十四章

「阿睿，」秦岩出聲。「你自己就是男子，應當知道男人對於自己的尊嚴有多麼放不下。願意倒插門的男子大多不堪，即便是現在看上去不錯，在日積月累的不滿之下，終是有一日會爆發的，真正能夠算得上好性子的，沒有幾個。更何況我們秦家又有你，如此這般還招婿，只會教人覺得阿冉身上有問題，才需要如此。」

秦睿無話可說了。

秦岩嘆氣。「我知曉你愛護阿冉，可是世情如此，我們是很難改變的。雖說嫁人有風險，但是招婿入贅的風險更大。你若是當真疼愛阿冉就該明白，如此對她而言，並不是好事。」

雖然大魏朝和前朝不同，民風開放了許多，可對女子的限制還是頗多；若不是開國長公主，怕是還會更嚴重些。女子在世間本就艱難，為什麼還要選擇一條更為艱難的路呢？

秦岩是一個疼愛子女的父親，若是阿冉想要如同阿婉一般走上自己拚搏的路，他是不會反對的，但是他不會為了所謂的面子，硬是要給子女增加麻煩。這招婿當真是畫蛇添足，還不如讓阿冉一輩子不出嫁。

秦睿嘆氣。「我只是不甘心，不甘心阿冉就這般被搶走了。」那可是他疼愛的小妹。

「她還小呢，就要被人拐跑了。」

秦岩笑了。「你倒是比為父還更像個被搶了女兒的父親。」

秦睿抬頭看了秦岩一眼，板著臉說道：「畢竟阿冉還小的時候，都是我揹著的。」那個時候秦岩還在外地出任，忙得很，柳氏也忙，阿婉還只是剛走得穩當而已，所以秦睿就擔起了大哥的責任，阿冉可說是他一直親自照顧的。

因為秦睿不放心照顧妹妹的下人，不過五歲呢，背上就揹著小不點的秦冉，一手還牽著剛會走的秦婉。他從小就操心，自然是比秦岩更激動的。

說到這個，秦岩也有點不好意思。當初任上事情繁多，他生怕哪裡做得不好，上峰責怪，而後連累家人，是以非常努力處理公務，於是對家中就多有疏忽。的確，照顧阿冉更多的是阿睿，若不是後來阿冉病重讓他醒悟了過來，也不會想著調去工部。

工部的事情相對較少，可以更多地看顧好自己的家人。秦岩可沒有忘記他一開始努力讀書科舉，為的就是讓家人有好日子過。

秦婉說道：「兄長，其實你也找不出更好的人選了對吧？你想想啊，咱們家阿冉可沒有什麼好讓沈淵圖謀的。」

秦睿沈默。哪怕他的妹妹在他的心裡千好萬好，但是也不得不承認，沈淵的確是一個受人追捧的郎君。沈淵能夠圖謀他們家阿冉什麼？那手做菜的手藝？大可不必，阿冉做菜是好吃，可是世上又不是只有她一個會做菜的。

為了一個廚娘將自己的一生搭上，這也不可能，更何況，沈淵不是那等重視口腹之慾的人。

「可是，」秦睿皺眉。「你們當真覺得沈淵真心意愛阿冉？」他是怎麼也想不明白，所以才會反對。

秦婉笑了。「兄長，你還沒有開竅呢！所以啊，你不知道，這個世界上有一句話叫做一物降一物，也有一句話叫做情人眼裡出西施。怕是在沈淵的眼裡，咱們家阿冉就是好，就是合他心意啊。」

再說，他們家阿冉有什麼不好？阿冉長得清麗可人，憑她的眼力來看，將來若是長開了，可是比她這個姊姊還要好看許多。不說是傾國傾城，卻也能夠稱得上是清麗佳人。

而且阿冉的性子單純、眼神透澈，像沈淵那般聰慧到極致的人，偏生就是會被阿冉這樣的人吃得死死的。越是不相同的人，就越是會相互吸引，自古以來，大多皆是如此。

秦睿突然警惕。「妳怎麼對這種事情這般清楚？我沒有開竅，妳開竅了？誰靠近妳了？」

秦婉頓時默然無語。「兄長，清楚此等事情和經歷了此等事情，是兩回事。」家有堪比父親的兄長，這樣行嗎？

秦家這裡雖然是多有爭論，卻是氣氛和諧。除開秦睿有一點不想承認沈淵的好，但是又不得不承認的憋屈以外，一切都好。

可是在沈家，卻不是如此了。

「你說什麼？再說一次？」書房中，沈弘明就這樣看著沈淵。

朝堂二品大員的威壓教人難受不已，在屋中的下人只覺得背後生寒。

他看了一下書房中的人。「都出去。」

「是，老爺。」下人們趕忙出去了，可不想留下來繼續聽下去。老爺都生氣了，他們怎麼敢繼續聽呢？更何況，身為下人，還是少知道東西為妙。

沈淵卻是身子板直，好像沒有受到半分影響一樣。「父親，我說了想要您和娘親上秦家提親。」

沈弘明依然沈著一張臉，眼中滿是厲光。「哪一個秦家？」

沈淵雲淡風輕的。「三品工部侍郎秦岩，秦大人家。」

沈弘明說道：「二女兒？」

「小女兒。」沈淵抬眼，直視父親的雙眼。「父親，我想要娶秦家的小女兒。」

沈弘明的眼神更是冷冽了。「這秦家的小女兒，好像在京城之中沒有什麼聲名。」

「嗯。」沈淵點頭。「她不是京城第一美人，也不是京城第一才女，更不是什麼世家之女，父親自然不會知道。」

砰！沈弘明狠狠地拍了桌子。「沈淵，你應當知道，你的婚事由不得你做主！」

沈淵對於沈弘明的怒氣視而不見，很是淡然。「父親，孩兒的婚事怎麼由不得我自己做主呢？將來要和妻子共度一生的人是我，孩兒自認為還是有資格做主的，只是，這婚事必須稟告父母。」

他的言下之意就是，若不是婚事不告知父母視為不孝的話，沈淵甚至可以自己上門提親，不必告知沈弘明。

他的話讓沈弘明更是氣惱不已。「沈淵，你莫要挑戰為父的耐性！我告訴你，那種不知道是什麼家裡出來的女子，我是絕對不會——」

「你絕對不會什麼？」張氏闖了進來，一張俏臉滿是寒霜。「沈弘明，是誰允許你對我兒子大呼小叫的？誰允許你侮辱我未來兒媳婦的？」

「夫人，我——」

張氏卻是轉頭看著沈淵。「淵兒，你去看看阿淇，他聽見你回來了，一直喊著要哥哥教他讀書呢。至於提親，娘答應你，今晚就和你父親商量一下何時上門提親才好。」

沈淇是沈淵一母同胞的弟弟，他對於沈淵這個兄長向來尊敬有加，沈淵說一句話，比沈弘明和張氏說上十幾句都還要管用。雖說現在張氏是拿沈淇作為藉口讓沈淵離開書房，卻也是實話。

沈淵拱手行禮。「如此，偏勞娘親了。父親、娘親，孩兒告退。」而後他便離開書房，一舉一動端的是君子風範，卻是教沈弘明氣了個半死。

沈弘明對於沈淵這個兒子向來都是倚重的，可是說實話，從小到大，他能夠管教他的地方，實在是不多。從小，沈淵就是別人家的孩子，乖巧懂事，禮貌聽話，樣樣都好。

一開始，沈弘明無比高興，高興自己不僅有一個天賦出眾的兒子，而且這個兒子還是聽話懂事的。只是後來他才發現，自己這個兒子是聽話，也讓人引以為豪，但是他的心中自有一杆尺規。

沈淵從來都是好孩子，卻不是聽話的孩子。他不認為盲目聽從父母的話就是孝道，反而認為即便是孝道也要講究一個對錯。沈弘明不管是打還是罵，都無法讓沈淵改變自己心中的尺規。

沈弘明自豪自己的孩子如此優秀，卻也頭疼他的不聽話。可是他卻不能夠下狠手去管教，讓沈淵改變自己的想法，因為他還有一個極為護犢的母親。張氏可以不管別的，但是對於兒子，卻是極為看重的。

就如同以往那般，今日沈弘明瞧見張氏前來書房的時候就知道事情不妙了，他明明問過下人，說張氏不在家的，怎麼她能這麼快出現呢？

張氏可不管沈弘明的心中在想些什麼亂七八糟的，她冷著一張臉。「我不管你剛才都說了些什麼，我就一句話，淵兒的親事由著他自己做主。只要那位女子不是品行敗壞、只要家世清白，我就認了。」

「妳認了，我不認！」沈弘明也冷著一張臉。「淵兒將來是我沈家的掌家，他的媳婦也是至關重要的，怎麼可以隨意找一個人呢？不行，必須是從世家中出來的，這事沒有得商量。」

「沈弘明，」張氏抬眼看著沈弘明。「我不是在和你商量這件事情，我是在告訴你這件事情，淵兒的親事他自己做主。何況秦家小女兒有何不好？我瞧過了，她再好不過，就她了。」

「不過是小門小戶出來的女子，再好能有多好？」沈弘明覺得自己不能苟同。「秦家在一般百姓看起來自然是好的，但畢竟是寒門爬上來的，世家大族培養的女子終究不同，那才是我沈家的佳媳。」

「呵呵。」張氏冷笑。「放屁！」

「妳——」沈弘明驚訝不已，他的夫人居然說粗話？

張氏卻是微微仰著下巴。「怎麼？沒有聽過別人罵粗話？你們這些斯文人，在朝堂之上吵起來的時候，還不如市井潑婦呢。沈弘明，我告訴你，我兒子想要的媳婦，你的意見不重要，你只要配合就是了。」

「不行，我才是沈家的一家之主，我的決定不能辯駁。」沈弘明也是徹底沈了臉。「張氏，我告訴妳，妳若是再如此的話，我就——」

「就怎麼樣？休了我？」張氏揚了揚眉。「我可是出自張家，你敢隨意休了我？」

沈弘明的怒氣一滯，差點喪失的理智也回來了。的確，張氏出身世家，他若是不想要得罪張家，的確不能夠將張氏休了。

張氏見沈弘明如此，冷笑不已。「你可知我當年想要夫婿的要求是什麼？」

沈弘明未曾想到話頭拐到這裡，卻也是跟著問了下去。「什麼要求？」到底是成績、家世、人品還是樣貌？這件事情張氏從未提起，沈弘明卻也是好奇的。

張氏說道：「只有一條，那就是長得好。」

「啊？」沈弘明還以為張氏要如何誇讚自己，讓自己熄了怒火，同意沈淵的要求，結果這是什麼意思？

張氏繼續說道：「我當年自認為才華出眾，雖說不想嫁人，卻還是拗不過父母，便同意在世家之中尋好人選嫁了。只是，我並沒有看父母給我的東西，而是自己派人去查了。」

對上沈弘明不可思議的眼神，張氏笑了。「我當時手底下的人不多，卻還是有完全聽從於我的人。巧了，他是個好交朋友的，三教九流的人都認識，於是便讓我看清了許多世家公子的骯髒齷齪，就連我的兄長們也都不是什麼好東西。」

張氏性子向來如此，即便是親生兄長，她也不會維護。後宅生亂，還覺得自己有著賢妻、美妾，純屬是腦子有問題。

沈弘明沒有心思理會張氏連自己親兄弟都不放過這件事情，他反而一顆心都提了起來。「所以妳……」

「所以我啊，也知道你是個什麼東西，沈弘明。」張氏的眼中無波無瀾。「我在出嫁之前就打碎了所有身為女子的幻想，除開掙銀子這件事情，你要什麼樣的當家主母，我就給你什麼樣的當家主母。這一點上，我自認問心無愧。」

沈弘明默然不語。的確，張氏除開對於行商一事較為執著，她自從嫁到沈家，就沒有什麼做得不好的地方，甚至於……

「所以我當年說要納妾，妳忙不迭地同意了，因為，妳對我毫無感情。」

「也不能說我對你毫無感情，我還是喜歡你的臉的。」張氏笑了。「更何況你其實也算是不錯，在一堆所謂的世家公子裡面，你摯愛權勢，但還算是個人，所以，我其實並無不滿。但是，沈弘明，你不能教我的兒子們盲目聽從你的，他們要的，我這個當娘的一定會給。」

「可是——」

「沒有可是。」張氏截斷了沈弘明的話頭。「你們這一代的世家公子，因為當年先帝的壞影響，沒有一個是去嶽山書院上學的，即便是考上了，也會說什麼是要證明自己，但是卻比不上嶽山書院，是以幾乎都是人品敗壞，一肚子的骯髒齷齪，我的兒子們卻不能如此。」

她很慶幸兒子們既不像父親，也不像舅舅，否則，她怕是要被氣死。

第三十五章

「妳……」沈弘明想要發火，卻在對上張氏清澈雙眼的時候，所有的怒氣都在一瞬間消失了。「是不是若是岳父當年鬆口讓妳可以不在世家中找夫婿，妳就一定不會找我？」

「也不是啊！」張氏搖頭。「畢竟你的臉的確是無可挑剔，我要是不選你，也生不出來淵兒那張臉了。」

沈弘明不滿。「可是妳近年來——」

張氏微微撇嘴。「誰要你留鬍子的，實在是難看得很。我本來就是貪戀你的美色而已，為什麼要如此為難自己呢？」

沈弘明覺得自己心頭一口老血梗著，簡直差點將自己給憋死。「妳……」

「總而言之，一句話，你到底要不要同意淵兒的婚事？你若是不同意，那正好你我和離，我帶著淵兒和阿淇出門去，你自可以培養你聽話無比的小兒子，我的兒子們如何，卻是不用你操心了。」

沈弘明的臉色青黑不已。「他們也是我的兒子！」

張氏聳聳肩膀。「我知道，但是我朝律法，女子和離的時候，孩子可以選擇跟誰，至於父無錯便不改姓氏，我自然也是同意的。」

沈弘明真的差點就吐血了。若當真和離的話，沈淵和沈淇會選擇誰根本就不必想。他不過是對兒子的婚事有看法，就要沒了夫人又沒了兩個嫡子？他雖有一個庶子，一看便知道是天資有限，他若是將沈家交付，怕是只有沒落這麼一個下場了。

張氏假裝看不見沈弘明青了黑、黑了青的臉色，淡然地問道：「所以，你同意嗎？」

沈弘明氣悶啊，卻也只能夠強忍著說道：「若是那秦家女嫁過來，無法成為一個合格的當家主婦，那又當如何？」

「那就只能夠算你沈家倒楣。」張氏對沈弘明無欲無求，對沈家的家業更是看不上，所以是無欲則剛，根本就不在乎他說的。

半晌，沈弘明也只能夠憋著氣說道：「既然如此，我同意了。」

「那好，提親的日子我選定了以後，派人來告訴你。」張氏得到了自己想要的，當即就轉身走了，很是瀟灑，半點也不拖泥帶水。

沈弘明卻只能瞧著張氏離去的背影繼續氣悶，只是，下一刻，他的眼神便柔軟了下來。

這些年來，賢慧持家的張氏幾乎教他瞧不見當年那個鮮活的少女了，他本以為她是把從前的自己忘卻了，原來不是，只是隱藏了起來而已。

沈弘明想到了當年，眼底帶著懷念和柔和，卻在下一刻無奈了下來。他沒想到張氏知道自己當年的盤算，這些年都沒有顯露出半分讓自己知道，這讓他在面對張氏的時候，便不由得想要退縮。

當年沈家快要敗落了，他這個新任的掌家是內憂外患，所以，沈弘明就把主意打到了張家的身上。他本以為張氏不知情，卻沒有想到她一直都是知道的。

寂靜的書房，傳來一聲長長的嘆息。

「淵兒，」張氏得意地看著沈淵。「你父親同意了。」

沈淵眸底一亮。「娘親當真厲害。」

「那是自然。」張氏笑了。「你爹那個性子，我可是知道的。」沈弘明在外如何厲害，還不是讓她拿捏得死死的？對付他，她從來都有的是辦法，剛才那番話，也不過是幾分真、幾分假而已。

只是這幾分真、幾分假就足以讓沈弘明的心思跟著她跑了，而張氏想要的目的，也就達到了。誰教她了解沈弘明，但是沈弘明卻對她未必有幾分真正的了解呢？這個男人啊，終究還是太過於自負。

其實張氏比之沈弘明更為聰慧，才智也更為出眾，只是無幾人知曉罷了。偏偏呢，沈淵就是知道的。

他知道娘親比父親的才智更為出眾，只是娘親對於權勢一事沒有半點興趣，也甘願在沈弘明的光芒之下做自己的事情。沈淵看著張氏是開心的，便不插手管。

畢竟每個人都有自己喜歡的生活方式，沈淵從不會因為自己覺得好就要別人如何如何。是以，他從來不管也不說穿，而父親也是不知曉的。

「提親一事當真是煩勞娘親了。」沈淵眉眼帶笑。

張氏高興不已。「為娘樂意。」幫她兒子打算，她自然是樂意的。

為了能夠在休沐結束之前就將親事定下來，張氏風風火火地準備著。與此同時，她的脾氣也暴漲，整個沈家都無人敢惹，除開沈淵和沈淇能夠得到一、兩個好臉色，其餘人就沒有了。

尤其是沈弘明，這個曾經想要破壞兒子婚事的罪魁禍首，那是連正院的門都進不去的。但沈弘明也是奇了怪了，不僅沒有去兩個妾室那裡，反倒不是往正院湊，就是在自己的院子待著。

但是這件事情對於張氏而言根本不重要，那留了鬍子的老頭子，她根本就不在乎。現在呢，還是她軟乎乎的未來兒媳婦更為重要。

這一日，秦家全家都未出門，因為他們得了沈家送來的拜帖。其實說是上門拜訪，但是雙方都知道是為了什麼——為的就是兩個孩子的親事。

畢竟現在他們兩家也算是有默契了，自然要慎重對待。

午後，沈家的人就上門了。一番寒暄以後，兩家父母都坐了下來。

張氏伸手拉過了柳氏的手。「妹妹啊，不瞞妳說，我實在是太喜歡妳家了，正巧的是，我家淵兒和妳家的小女兒也甚是有緣，既然如此，我們為何不將這緣分延續下去呢？」

柳氏本是想要照著流程客氣一二的，可是對上張氏這般的熱忱，就有些頂不住了。「張姊姊，這個……」

張氏不給柳氏拒絕的機會，繼續說道：「不是我自誇，我家淵兒品性、樣貌都算是不錯，最重要的是他尊重女子，絕不會教柳妹妹的女兒難做的。將來不管妳家女兒是想要做官出仕還是想要做生意，但憑她喜歡。」

這些都是張氏的心裡話，她當年沒能夠得到的，自然希望別人能夠如意。張氏當初多麼想要一個無條件支持自己的人，哪怕沒有能夠成事，也能教她心中歡喜。可惜沒有，這是張氏一直以來的遺憾。

雖說張氏並不在乎丈夫是否對自己一心一意，可是見到了，卻還是會羨慕一二。柳氏的日子是她羨慕的，她也是真心喜歡秦家。這家風多好啊，可惜沒有更小的女兒了，要不然她的小兒子也可以啊。

柳氏不知道張氏的心裡在想些什麼，卻對於張氏的話很是心動。「果真讓我家阿冉做她想要做的事情？」

雖然大魏朝和前朝的情況很是不相同，女子也能夠有出路，但其實更多的人還是認為女子嫁人以後應當操持家務，不要再為其他的事情費心。若不然，其實阿婉也應該要訂親了，終究因為有意和秦家結親的人家不同意阿婉在婚後繼續出仕。

是以，張氏的話當真是讓柳氏不能不心動。她是個好娘親，希望她的孩子們都能做自己想要做的事情，而不是被婚姻困住。

「自然。」張氏笑著點頭。「一諾千金。」

沈淵也適時地開口說道：「小姪可寫下書契。」口頭上的話語若是不能教人信服，書契卻是可以的。

沈淵並不覺得寫下書契如何不好，若是能夠讓秦家父母放心，有何不可呢？

不只是柳氏心動，秦岩也心動了。於是他看著沈淵，眼底盡是滿意。這疼未來娘子的樣子，有他當年的幾分影子，不錯、不錯。

站在秦岩身邊的秦睿不由得憋氣，卻也不得不承認沈淵的誠意滿滿，他選的那些個人選，當真是比不上沈淵。

可是妹妹被叼走的憋屈還是揮之不去，唉，好氣啊！

眼看著秦家人心動不已，沈弘明也在一邊敲邊鼓。他雖說好權勢，但若是當真想要說服一個人，卻不是難事，既然已經同意了張氏上門提親，那麼他就不會拉著一張臉，反而讓親家成為仇家。

既然張氏心意已決，他若是不想和她和離，就只能夠同意這門親事；既然同意了，與其教兩家相處不好、多生事端，還不如看到這其中的好處。

沈弘明已然查過秦家了，雖說是寒門出身，但是沒有什麼破落親戚的拖累。秦岩雖然在宦海之中不算是得心應手，也已是三品大員了，工部的牽扯也少，將來不會有什麼干係連累到沈家。

還有秦家的兩個孩子秦睿和秦婉，怎麼看都是前途無限，既然成了姻親，自然就是沈家的助力。雖說那個秦冉看上去稍稍遜色些，但是勝在心性通透，性子乖巧。

沈弘明想通了以後，對這門親事也不排斥了——雖然他排斥也沒有什麼用就是了。

於是，在沈家人的努力下，秦家就鬆口同意沈淵和秦冉的婚事，連著庚帖都交換了。

張氏拿出了一個木盒子放在桌子上，而後打開。那是一只羊脂白玉的鐲子，通透瑩潤，一看便知道是上上品。

「這是沈家傳給長媳的玉鐲，現在是屬於阿冉的了。」

她當年是在成婚的第二天才從婆母手上拿到這只鐲子的，如今她卻是剛交換了庚帖就給了出去。張氏疼愛兒子，愛屋及烏，現在阿冉也是她疼愛的人了。

「如此。」柳氏給貼身嬤嬤使了個眼色。「張姊姊稍等，我給淵兒的信物還在屋中呢。」她原本是想著今日大概只是說一說親事，誰知道他們夫妻這就被說服了，庚帖換了，信物也拿了。

他們秦家拿了沈家的信物，總不好什麼都不給。幸好他們一開始就把信物準備好了，只是沒有想到今日就要給出去而已，晚些拿出來，總好過拿不出來。

柳氏為自己謹慎的性子鬆了口氣，總算是沒有丟臉。

嬤嬤很快就回來了，她的手中捧著個木盒子。

柳氏將木盒子打開。「這是當年阿冉出生的時候，我們專門找人找料子雕刻的玉珮，今日就當作信物送給淵兒了。」她頓了頓，笑了笑說道：「因為料子的形狀怪了些，雕刻師傅就雕成了一對，小的那塊可以放在大的這塊中間，合為一體。」

沈淵看著玉珮的眼神登時炙熱了起來。雖然柳氏沒有言明，但是想也知道那塊小的玉珮應該是在阿冉身上。一對的玉珮，還是他們兩人訂親的信物，沈淵又如何能夠不喜歡呢？

屋中幾人瞧著沈淵高興的樣子，也都善意地笑了。年少慕艾，他們也是從那個時候過來的。

張氏從柳氏的手中將玉珮拿過來，遞給沈淵，沈淵接過來便順手戴在腰上。他的動作很是自然，就好像本該如此一樣，倒是教想要調笑他兩句的長輩們不知道該說些什麼。

柳氏想了想，而後說道：「淵兒，不知道你可否幫伯母一個忙呢？」

沈淵抬頭，說道：「伯母但憑吩咐就是。」

柳氏笑了笑。「阿冉正在後花園賞花呢，你可否將玉鐲送到她手上？」她對這個未來女婿非常滿意，也就不介意讓這兩個孩子見見面，何況他們去了書院也是可以見到的，無甚差別。

再說，他們大魏朝的女子又不是像前朝那樣不出閨房半步的，見外男都無妨，更不要說是未婚夫婿了。

沈淵眸底一亮，拱手行禮，說道：「多謝伯母。」他上前拿了木盒子，告退後便離開了正堂，前往後花園。

正堂中的人愣了愣，而後全都笑了。這個樣子的沈淵，倒真是沒有見過。

秦婉戳了戳秦睿，對著他眨眨眼。秦睿無奈點頭。是是是，他很好行了吧？

第三十六章

沈淵在下人的引路下來到了後花園，一眼便看見坐在涼亭中的秦冉。他的眼底不由得帶上了笑意，朝著她走了過去。

秦冉知道今天沈淵是上門來提親的，自己也想跟著去正堂，卻被秦岩和柳氏給攔住了。不管怎麼說，談親事的時候，女子最好還是莫要在場比較好。

何況秦冉的心意到底如何，秦家人還能夠不知道？

被迫在後花園賞花的秦冉當真是鬱卒，坐在涼亭中悶悶不樂的。

沈淵在秦冉的身後站定，瞧著她的背影都透出一股氣惱的樣子，只覺得她更是可愛了。他笑著開口說道：「小阿冉在為了什麼事情氣惱呢？嗯？」

秦冉雙眸一亮，一回頭就看見了站在自己身後的人。「沈淵！」她高興地站了起來，雙眸凝視著他。「你怎麼進來了？」

沈淵伸手，為秦冉理了理被風拂過也亂了的鬢髮。「我來看我的未婚妻。」

未婚妻？秦冉反應了過來。「所以，爹娘同意這門婚事了？」

「自然。」沈淵溫柔地笑了。「這是我娘的信物，沈家的長媳才有的鐲子，給妳的。」

秦冉看著沈淵拿在眼前的鐲子，眨了眨眼。「這就交換信物了？」感覺像是行程加速了一樣，會不會有點快？

沈淵伸手拉起了秦冉的右手，將羊脂玉鐲套進了她的手中。「皓腕凝雪，這鐲子，再適合妳不過。」

秦冉的臉頰登時就紅了起來，緋色蔓延到了耳後，頭也不由得低了下來。這樣的話，在沈淵這裡，和出言調戲也並無差別了。

沈淵瞧著那片緋色，突然開始遺憾今日只是訂親而不是成親，若是可以，他當真希望今日就可以抱得美人歸。

休沐一過，嶽山山腳下又停滿了各家馬車，因為上學的時間到了。不過今日突然下雨，從清晨至現在沒有半點要停下來的意思，於是，上山的速度便慢了許多。

秦冉下了馬車，就有人將油紙傘伸到她的頭上。她本以為是秦伯，可是一抬眼卻發現站在身邊的人是沈淵。「沈淵，怎麼是你？」

沈淵笑著更靠近了秦冉一些。「下雨了。」他頓了頓。「我想見妳。」

秦冉的臉微微地紅了，囁嚅了小半晌，說道：「我、我也想你了。」

從昨天他離開秦家以後，她就一直在想他，臨睡前還要摸著手腕上的鐲子。因為她覺得訂親一事實在讓她覺得不真實，需要反覆確定。

雀躍和忐忑交織在一起，昨晚差點沒有睡著。今日清晨要不是杏月和橘月瞧著下雨了，提前將她喊醒的話，怕是要遲到。

「我們一起上山去吧。」沈淵笑意溫柔。「免得遲到了。」他很是滿意秦冉的回答，知道她也在惦念自己，心中自然是歡喜的。

「嗯。」秦冉點點頭，對著秦伯告別以後，和沈淵一起走了，

秦伯也笑看著兩個人離開，還把自己原本要拿給二姑娘的油紙傘藏了起來。二姑娘和未來的二姑爺瞧著多好啊，就不需要多一把傘來礙事了。回去和老爺、夫人提一嘴，未來二姑爺這麼在意二姑娘，多好的事情。

「哎喲！」

「天啊！」

「啊，小心些。」

平日裡總是充滿了話語的山道上，今日全都是各種驚呼。因為嶽山書院的學子們瞧見了令人不可思議的一幕，腳下自然不穩，再加上又是下雨天，驚呼聲便此起彼伏了。

還好嶽山書院的學子們都是有上拳腳課或者舞蹈課的，下盤還算穩，總算是沒有把自己給摔了。

至於為何他們這般驚訝，自然是看見那位對著女子總是溫文有禮卻很是疏離，看著對女子完全沒有興趣的沈郎君，居然和一個女子同撐一把傘?!

同撐一把傘就算了，沈郎君的另一隻手還攬著那個女子的肩膀，一副小心護著生怕摔了的樣子。這哪裡還是那個有禮疏離的沈郎君啊！他們豈能不驚訝？豈能不腳下不穩？

秦冉本來覺得還好，但是一路上不斷投過來的眼神讓她有些羞怯。「沈淵，我們……」還是分開走吧。

「我們走得慢些，」沈淵笑了。「我算過時間了，不會遲到的。雨天路滑，還是要小心些才是，好嗎？」

對上沈淵的眼，秦冉怎麼也無法說出讓兩人分開走的話。他這般開心，自己若是說了，豈不是傷了他的心？而且……

「好啊，我們走得慢些，也更穩些。」而且，她也喜歡在沈淵的身邊。

每次在沈淵身邊的時候，總是讓秦冉覺得無比安心。他的每個眼神、每個笑容、每句話，都能教秦冉心動不已，她怎麼會不喜歡待在他的身邊呢？

沈淵的笑意更濃。他的小阿冉真可愛。

兩人就這樣一路朝著書院走去，伴著同學們時不時響起的各種驚呼。沈淵將秦冉送到了女子的寢舍這邊，按照書院的規矩，他是不得再往裡去，可是秦冉的寢舍還有些距離，雨這般大，她會淋濕的。

這個時候，沈淵將油紙傘放在了秦冉的手中。「妳回去了先將東西放下，而後帶著書去上課。午飯時間，我們一起用餐。」

秦冉反手拽住了沈淵。「這裡離你那裡更遠，你不帶傘會淋濕的，到時候便要得風寒了。」

沈淵伸手摸了摸秦冉的頭髮。「我的輕功好，很快就可以回去，不會淋濕的。」

「不行的，我——」

「阿冉和我們一起回去就是了。」孔昭和方雨珍從後面走了過來。「沈郎君，你可以走了。」孔昭的語氣有點冷。

沈淵看著已經將傘塞了回來並且跑到了孔昭身邊的秦冉，無奈笑笑。「午飯時分，阿冉莫要忘記我們一起用餐。」

秦冉乖巧點頭。「阿冉知道，一定不會忘記的。」

沈淵笑了，對著孔昭和方雨珍點點頭，這才轉身離開。

秦冉也對著沈淵笑，可是一回頭就看見孔昭和方雨珍的眼神，不由得心虛地縮了縮腦袋。「那個……我們回去寢舍啊？」

三人往寢舍走，但是方雨珍卻不是那種可以憋得住話的人。「阿冉，妳和沈淵怎麼回事啊？我們一路走上來的時候就聽見大家都在說你們抱在一起了，那個沈淵瘋了嗎？」

方雨珍一直覺得沈淵是個君子，所以不覺得阿冉和他在一起有什麼不好的，但是今日一瞧，這個人卻實在是過分了，他今日在大庭廣眾之下這般動手動腳，對阿冉的名聲如何能好？

再說，要是他們將來無法在一起，這件事情豈不是會讓他人對阿冉議論紛紛？剛才若不是阿昭攔著她的話，她都要出手打人了。

「我們、我們沒有抱在一起。」秦冉的臉頰還是紅撲撲的。「沈淵只是怕我被雨淋著了，所以摟著我的肩膀而已。」

「可是他……」

秦冉說道：「那個……其實我們訂親了。」

方雨珍瞪大了雙眼。「什麼?!」

孔昭也失去了她的冷靜。「什麼?!」

秦冉的笑裡帶著甜蜜。「其實是昨日的事情，因為想著今日可以來告訴妳們，就沒有寫信了。」而且等到她從訂親的事情裡回過神來的時候，都已經半夜了。

這裡又不是現代社會，還有手機什麼的可以發訊息，所以只能等到今天了。

方雨珍不可思議。「所以你們互相有意還沒有多久，他就著人上門提親了？」雖然是很有擔當沒有錯了，可會不會太快了些？

「嗯。」秦冉點點頭。「是伯父、伯母親自上門的，原本只是提親，可是他們說著說著就成了訂親。」她的心中不由得想著，沈家人當真是好會說服別人。她被沈淵說服了，同意他上門提親；爹娘、兄長、阿姊被沈家父母說服了，直接從提親變訂親，連一般該有的推諉一下都沒有了。

唉，莫名有一種他們對上沈家就很吃虧的感覺。

孔昭卻是笑了，剛才的冷意都不見了。「如此就好。阿冉，恭喜妳。」沈家家主是什麼性子，她是知道的，所以才會對招惹阿冉的沈淵很是不滿，因為若是他們不能在一起的話，豈不是要讓阿冉傷心？

可若是他說服了沈家家主那又不一樣了，舉凡世家都是愛面子的，都訂親了，就不會輕易變卦，否則就更丟人了。而且從此事可以看得出來，沈淵對自己的事情是可以做主的，將來也不會讓阿冉受委屈。如此，她自然沒有什麼不滿了。

方雨珍也跟著說道：「恭喜妳啊，阿冉。」她也對沈淵沒有什麼不滿了，未婚夫妻即便是親近一些，他人也無話可說。

秦冉面上的緋色加深了些。「謝謝。」

另一邊，沈淵走沒有多久，就看到了唐文清和盧紹成。很顯然，他們是專門站在那裡等著自己的。

「早上好。」沈淵的心情很好，笑意滿滿。

唐文清板著一張臉。「我一點也不好，鑑於某個人在晚上的時候還給我飛鴿傳書，硬是把我從床上喊起來。」那隻該死的鴿子，瞧著自己睡著了，硬是把他給啄醒了，簡直讓人無話可說。

盧紹成也是滿臉怨氣。「對啊，我也不好，差點教下人發現了。」要是被下人發現自己和別人飛鴿傳書，定然是要傳到祖母和娘親那裡的，到時候她們定然要以為自己是和女子傳書，就要給自己張羅婚事。

但若是他說清了，也不是什麼好事，因為既然好友沈淵都訂親了，那麼他的婚事也該張羅起來了。唉，總之就是害得他提心弔膽的，壓根兒沒有睡好。

沈淵卻是沒有半點歉意的樣子。「抱歉，實在是忍不住要將喜悅分享於你們。」至於好友的睡眠？身為男子身強力壯的，少睡些沒事的。

唐文清和盧紹成對視了一眼，同時翻白眼。本來就不是人的沈淵，訂親了以後就更加不是人了。什麼謙謙君子，啊呸！哼，這份仇，他們早晚要報回來。

與此同時，人煙稀少的山路上，一隊人馬在前行著。這一隊人馬便是從蠻族前往京城，要為明帝賀壽的隊伍。

不知道是不是因為下雨的關係，這官道居然不能通行了，他們只好轉道山路。畢竟若是繼續拖延下去的話，怕是會趕不上大魏朝皇帝的聖壽。

到時候，在明面上，他們就不好說話了。

嘎魯非常不滿這樣的天氣，他騎著馬到了大魏朝引路官員的身邊。「楊大人，這條路真的能行嗎？」

楊承達拉了拉身上的蓑衣。「自然，繞過這個山頭我們就可以回到官道上了。這條山路已算是好走的了，馬車都可以通行，就是彎了些，遠了些。嘎魯大人，我們可不能晚到京城。」

嘎魯雖然不滿但是也沒有辦法，因為楊承達說得沒有錯。「那多久能繞過這座山？」

「很快、很快。」

對於楊承達的很快，嘎魯真的是無話可說。這個很快，實在是不快啊！

林間，卻是有人伏在其中，等著動手的最佳時機。

雨下得越發大了，蠻族使團都有些看不清路了。

嘎魯對著楊承達大喊：「楊大人，不如還是找一個地方避雨吧！等到沒雨了再趕路，不然危險。」

楊承達點頭。「我看到前方有一個山洞，我們過去避雨。」

「好。」

嘎魯帶著使團的人馬繞過前面那個彎的時候，突然感到一股刺骨寒意。多年生死拚搏的經驗讓他不由得往下趴在馬背上，而後就聽見「噗」一聲和一個慘叫聲。

他側過頭去看，原來是他的族人心口中箭，從馬上墜落了。

「敵襲！」嘎魯一邊大喊一邊從腰間抽出彎刀，下一刻就和雨中衝出來的一把刀對上了。

那個人穿著一身黑衣，一擊不中就退了。嘎魯的心還在瘋狂地跳著，他戒備地看著四周，可是雨聲擾亂了他的聽力，雨勢也讓他看不清楚。山路上已經開始漫著鮮血的味道，嘎魯知道，他們這邊一定有人受傷或者死亡了。

嘎魯就這樣一直等著，可是不管怎麼等，那些襲擊的人都沒有再來了。

楊承達哆哆嗦嗦地從地上爬起來東張西望。「嘎魯大人，要不我們快些離開這裡吧！到了官道上就不好埋伏了，還可以進城向官府求救。」

嘎魯蔑視地看了楊承達這個膽小鬼一眼，但是卻又不得不承認他說的是對的。「帶上所有人，走！途中隨時警戒！」

「是！」

林中，有個人揮了揮手臂。

「那個蠻族的力氣挺大的，那一刀，弄得我手臂都有點麻了。」

東先生瞪了他一眼。「無用。」

那個人傻笑，其他埋伏的人也跟著笑了。

「老大，我們不繼續殺嗎？」

東先生笑了。「當然不，我們要慢慢來。」她看著山路上如小螞蟻一樣的使團，笑得千嬌百媚。「這一路上，我們有時間好好地陪著他們玩，一開始就死光了，豈不是便宜了他們？我要教他們一直都活在等待死亡的恐懼中。」

既然敢動手動到她的頭上來，就不要怪她心狠手辣。而且他們這些人都是秉承著開國長公主的遺訓，不管是蠻族人還是扶桑人，都是狼子野心，絕不可心軟。

跟隨的六人默默地抖了抖。不愧是東先生，就算是退出暗衛營修身養性了一陣子，也還是最毒的。

東先生當作沒有看到這群人的表情。「挑好時機，每次都是一擊足矣，殺幾個人就算了，若是快到京城還有剩下的人，那就放過他們。」這幫蠻族人分了兩隊使團進京，不知道搞什麼鬼，反正到時候另一隊能夠進京賀壽就行，這一隊就留給她玩玩了。

唉，實在是可惜啊，如果不是知道使團有兩隊人馬的話，她都要帶著人進去蠻族領地了，那樣的話一定更好玩。

東先生的笑容之中，帶著滿滿的虐殺之意。

第三十七章

下了好半天的雨依舊沒有要停下來的樣子，一直在下著。

嶽山書院的學生下課了，早上的課程結束了。

秦冉剛出教室，就被班上的同學們給圍住，她嚇得整個人都哆嗦了一下。

「阿冉，聽說妳今天是和沈郎君一起上山來的？」

「我都看見了，阿冉，沈郎君還摟著妳呢！」

「這是怎麼一回事啊，妳快說說。」

「對對對，快說說，我們太想知道了。」

今天早上沈淵和秦冉同行，可以說整個嶽山書院都知道了。坤字院黃字班的學生們簡直好奇極了，恨不得早上就圍著秦冉問問到底是怎麼一回事。那可是沈淵啊，最最講究君子儀態的沈淵啊，居然和一個女子同撐一把傘，還抱著，這如何讓人不好奇？

可惜秦冉到了班級的時候已經要上課了，夫子也進來了，她們就不敢亂動了。今日可是律法課，夫子最是嚴厲了，要是被他抓到的話，一定要倒楣的。還有啊，律法課的夫子最能說了，她們早上的課又是大課，居然就這樣一直上到快午飯時間。

是以，這剛下課不就趕緊圍著秦冉想要問問清楚，她們可是憋了一早上，心裡面百爪撓心的，好不難受。

「我……」秦冉沒有被這麼多人圍著過，整個人都有些慌亂了。

「何不問我呢？」

眾位女子聽見這個聲音都愣住了，朝著聲音來源處看去。雨中站著一人，那人便是沈淵。一瞬間，所有人都安靜下來了。

沈淵笑看著秦冉。「阿冉，過來。」

「哦、哦。」秦冉撐開了手中的傘，進入雨中，來到了沈淵的身邊。

沈淵伸手，抓住了秦冉的手握著，對著眾位女子說道：「我和阿冉已在昨日訂親了，多謝各位關心。」

「不客氣？」有一個女子被沈淵瞧得有些緊張，就說了這麼一句。身邊的女子都無奈了，這是什麼奇怪的回答啊？

沈淵笑笑。「我和阿冉先行一步，告辭。」他收了自己手中的傘，進到秦冉的傘下。

秦冉當即就舉高了手，不讓沈淵半蹲著。她微微皺眉。「怎麼把傘收起來了？」

沈淵放開了她的手，一手拿過了秦冉的傘，讓她不必舉高著手，免得手痠。「不過是想和阿冉更親近些。」

這話讓秦冉的笑意忍不住浮現，伸手拿過沈淵的傘，低著頭，笑著說道：「我……我拿著傘，你牽著我，好……好嗎？」其實，她也想要和他更親近些。她想著，總是沈淵在靠近自己，她也要主動一下吧！

秦冉的話教沈淵的眼神柔得彷彿要滴出水來一般。他將手中的傘換了一手，另一手和秦冉的手十指交握。他不由得在心中想著，果然早些叫娘親上門提親是對的，他可以不必硬是讓自己離她遠些了。

他的小阿冉這般可憐、可愛，他怎麼能夠忍得住不靠近她呢？往日裡，實在是太辛苦了些。不過日後好了，他是她的未婚夫婿，自然是可以隨意靠近她的。

於是，坤字院黃字班的學生們就這麼看著他們兩個人攜手撐傘離開了。眾人面面相覷，默然無語。

良久，有人說道：「不知道為什麼，總覺得自己腹中並不饑餓，不用去食堂了呢。」

「我好像也是。」

「我也是。」

「還有我。」

如果這些女子活在後世的話就會明白，她們是吃狗糧吃飽了。只不過，她們現在雖然不明白這種心情是什麼，但是並不妨礙她們吐槽就是了。

雨水打在油紙傘上，那聲音連綿不絕。傘下的兩人十指交握，看著便是情意綿綿的樣子。這兩人一路朝著食堂走去，讓路上的人全都看傻了眼。有的人早上並未看見上山路上的那一幕，還以為是有人誣衊的。

可是眼前一看，還真的不是誣衊。這沈郎君……他、他居然光天化日和女子這般親近?!有的知情人士就開始給不知情人士講了，這兩人都已經是訂下婚約的人了，親近些自然是正常的；但是也有人還是暈暈乎乎的，覺得像是在作夢。

不為別的，就因為那個郎君是沈淵啊！不知道多少人都以為他會秉承著這樣的性子孤獨終老，結果竟然訂親了？有些人不由得懷疑，難道那位女子如此有魅力？

一路上，許多的眼神都投到了兩人身上，秦冉卻沒有像早上那般不自在了。倒不是因為她的性子不羞怯了，而是她的心神全在沈淵的身上。她向來對於一件事情專注的話，就會忽略掉其他，自然就不害羞了。

只是沈淵和秦冉說的倒也不是什麼悄悄話，而是今日秦冉的律法課。她本來只是隨意挑起一個話題，於是便說到了今日課上有些不明白的地方。沈淵為人聰慧，便將這些深入淺出地為秦冉一一講解了。

嗯，這大概就是和學神戀愛的正確方式吧？還好秦冉雖然是個小學渣，但是並不厭學，反而很是努力上進，聽得津津有味的，要不然，這對剛訂親的未婚夫妻，怕是就要有點小口角了。

沈淵和一個叫做秦冉的女子訂親的消息，短時間內瘋狂地席捲了整個嶽山書院，往日裡都是討論功課的人，這下子全都在討論這件事情。

這個秦冉好像也不如何出眾啊，尤其是成績，在嶽山書院實屬一般。所以，到底為什麼沈郎君會看上她呢？難道，就是單純地遵從父母之命？也不是不可能啊，畢竟沈淵的性子就是端方守禮。唉，倒是可憐沈郎君了，居然要和這樣平平無奇的女子牽扯一生。

「你們這般嘰嘰喳喳的，不知道的還以為這裡不是嶽山書院，而是什麼三教九流聚集之地呢！」

「躲躲藏藏之人在胡說些什麼？」那些背後說人的人本就有些心虛，但是被人說是什麼三教九流以後，反倒是氣憤了起來。

「我是不是胡說，你們心裡沒點數嗎？」孔昭從拐角處走了出來。「另外，我並沒有躲躲藏藏，只是剛好走過來，聽你們在說話，於是便停了下來而已，我一直光明正大。」

見到來人是孔昭，那些說話的人登時就沒了言語了。

孔昭也是嶽山書院的風雲人物之一，雖說不像沈淵那般惹人注目，卻不是全然毫無名氣的。孔家也是大魏朝的世家之一，前朝時就已存在，身為孔家嫡長女，孔昭不論是成績、樣貌還是出身，都是京城之中的佼佼者。

甚至私底下還有人說孔昭乃是京城第一明珠，只是孔昭向來對這等事情沒有興趣，加上孔家的家教嚴格，孔昭的性子也頗為嚴謹，是以沒有人膽敢將這件事情說到她的面前來。

這些人見到來人是孔昭就先心生怯意，更何況他們也知道方才是他們不對，心中就更是難堪了。只是，少年人的自尊讓這些郎君和女子難以將抱歉二字說出口。

孔昭見他們知錯，面色也緩和了許多。「嶽山書院是讀書的地方，多將心思用在學問上。若只是消遣倒是無話可說，可是背後說人，便是有違方正之道了。」

說完，孔昭就轉身離開了。這些人一看就知道是去年剛進來書院的學生，個子還都小著呢，心思倒是雜亂。等到嶽山書院的功課一日日增加以後，看他們還有沒有這些心思背後說人。

其實，孔昭生氣的是這些人話語之中都在貶低秦冉，他們都認為秦冉能夠和沈淵訂親，簡直就是攀附了好人家，但這樁婚事明明就是沈淵求來的，而且阿冉哪裡不好了?!

將秦冉視為妹妹的孔昭，心中自然是不開心的。

「沒有想到妳還挺會發火的啊！」

孔昭抬眼看去，便見著站在不遠處的盧紹成。「盧同學。」沒有方雨珍和秦冉在身邊的時候，她就會較為拘謹。

「叫什麼盧同學，忒生分了，我們是朋友不是嗎？叫阿成就行了。」盧紹成撐著傘來到了孔昭面前。「妳剛才很威風啊。」

孔昭微微一笑。「見笑了。」

「不，我是說真的。」盧紹成的雙眼閃閃發亮。「妳剛才真的很是威風，很有說服力。」他的祖母和娘親長相都是較為柔弱的那種，但是她們其實並不柔弱，不然也撐不起整個盧家。從骨子裡面，她們就是堅強的那一種人，只是對待盧紹成過分看重了些。

所以，盧紹成對於那種堅毅果敢的女子向來很是佩服。往日裡，他和孔昭並不算太親近，只覺得她是一個穩重的人，但是今日意外瞧見了她的另一面，倒是覺得新鮮不已。

因為從小的經歷，他佩服堅毅果敢的女子，也喜歡這種維護自己人的行為。而孔昭，剛好都戳在了他的心上。剛才她聲音輕柔卻擲地有聲，還教那幫人都不敢喘氣的樣子，實在是太厲害了。

孔昭笑了笑，避開了盧紹成的眼神。「我是家中長女，管教弟妹習慣了而已。我們接下來的路不一樣了，那麼，告辭了。」說完，她朝著他點點頭，而後轉身離開。

盧紹成就這樣目送著孔昭離開，笑了。「我覺得我有一項是贏過沈淵的了。」看，他找到心上人的速度多快啊，贏了！

阿昭。這個名字真好聽，比所有的名字都好聽。盧紹成轉身回了寢舍，他要去問問沈淵要怎麼才能夠追到心上人。

只是，盧紹成回到了寢舍以後，卻沒有找到沈淵，只看到了唐文清。「阿清，沈淵呢？」

唐文清說道：「今日下午，沈淵和阿冉都沒有課，他們兩個人大概去找了什麼地方單獨相處了吧！」中午用餐的時候都不和他們一起，想也知道他和誰在一起了。

「啊？」盧紹成有點失望。「我還想要問問他怎麼追人呢！」

「嗯？」唐文清的眼神離開了書本。「你說什麼，追人？怎麼了？誰打了你逃跑了嗎？」

盧紹成用鄙視的眼神看著唐文清。「什麼被人給打了，我是要追心上人！」

「嗯？」唐文清一臉的不可思議。「你什麼時候有了心上人？」

「剛才啊！」盧紹成的面上滿是光芒。「我剛才發現我喜歡上了阿昭，所以我要向沈淵學習怎麼追到心上人。」

唐文清的神情變為驚悚。「阿昭？孔昭？不是，你怎麼剛才發現喜歡上她了？你不會是看著沈淵訂親了，然後也覺得自己應該有一個未婚妻，就這樣隨意在身邊找了一個吧？」

盧紹成翻白眼。「我是那種噁心人嗎？才不是，我是剛才看到了她訓斥別人的風姿，所以才心動的。」

唐文清無語了。「你的腦子真的沒有問題嗎？就這樣突然動心了？呵呵，我覺得你應該去慕容大夫那裡看一看。要知道，這孔家的女子可不是能夠隨意招惹的，到時候你要是又突然不動心了，傷到她，就算皇上護著你，孔家也能讓你好看。」

盧紹成嘴角抽了抽。「是什麼給你一種我會是負心漢的印象？再說，本來動心就是一瞬間會發生的事情啊！盧家兒郎都是動心了就不會變心的，這是皇帝叔叔告訴我的。我爹當初也和我娘認識了許久，但是動心卻是在一個瞬間，我盧家往上幾代都是這樣找到娘子的，我當然也是。」

唐文清用驚奇的眼神上下地打量著盧紹成。「所以，你是真的動心了？就因為這麼一件小事？」

「哎呀，你好婆媽啊！」盧紹成不耐煩了。「我動心就是因為小事，不可以嗎？什麼事情沒有區別，反正我喜歡她，想要她成為我的娘了。皇帝叔叔說了，喜歡一個人就要勇敢一點，不然人就跑了。阿昭那麼好，到時候被別人發現追走了，我就慘了。」問題是他根本沒有追過女子，感覺有點苦惱。

唐文清的眼神閃了閃，眼底帶了些微不可見的苦澀。「阿成，你一向都是很勇敢的人。」

盧紹成驕傲地點頭。「那當然了。我去給皇帝叔叔寫信，要是沈淵回來了，你喊我一聲啊！」沈淵那邊要問，但是皇帝叔叔那邊也要問，畢竟皇帝叔叔最了解他爹了，說不定借鑑一下他爹的經驗，成功機會更高啊！

當然了，他才不會告訴皇帝叔叔他喜歡的人是誰，還沒有影子的事情不能亂說，女子的名聲很重要的，他不能夠讓阿昭為難。

盧紹成雄赳赳、氣昂昂地回去自己的房間寫信了，被留下的唐文清苦澀地笑了。有些事情不是勇敢就可以的，他這樣的人，何必把好好的女子拖下水呢？她，值得更好的。

第三十八章

細雨綿綿，後山的涼亭裡，沈淵和秦冉正在認真地做功課。

是的，他們兩個約會的方式更多的就是做功課，或者沈淵給秦冉輔導，給她講題。也許在外人看來好像有些無聊，但是對於嶽山書院的學生來說，這算是基本操作。

咕嚕。

秦冉眨巴著眼睛看著沈淵，面上微微泛紅。

沈淵微微笑了。「餓了嗎？」

「嗯。」秦冉點點頭。「只有一點點啦。」

沈淵笑笑，從自己的書包裡面拿出了一個小瓦罐，還有一個紙包。「午飯我看妳吃得有些少，來的時候就帶了醬蟹和白切糕，妳先吃一些。」

其實秦冉午飯時候吃得不算少了，對於一般女子而言，還算是多的，也許是秦冉天生力氣大的原因，她的飯量也比較大。只不過午飯時因為不習慣好多人盯著她瞧，所以就用得少了些。是以，還沒到晚飯時間呢，她就餓了。

「哇，有醬蟹啊！」秦冉聞著打開的小瓦罐裡面的香味，上半身都朝著小瓦罐的方向靠過去了。「這是去年做的吧？好香啊。」

「對，家中的廚師做的。」沈淵拿出一雙筷子遞給秦冉，將石桌上書本都收拾疊起來放在一邊。「試一試？」

「嗯！」秦冉點頭，伸著筷子挾了一小塊醬蟹出來，另一手還拿了一塊白切糕。雖然白切糕沒有什麼味道，但是配上味道濃郁的醬蟹卻是剛剛好。一口醬蟹、一口白切糕，人間的頂級享受啊！

瞧著秦冉像個小饞貓一樣，沈淵眼中的笑意更濃了。「慢些吃，都是妳的。」就是因為想到可以看到這樣的小阿冉，他才會費心從家中帶了醬蟹過來。她喜歡，這就足夠了。

秦冉歪頭看著沈淵。「你不吃嗎？」

沈淵的眸色微微變沈。「很好吃嗎？」

秦冉乖巧點頭。「對啊，真的很好吃。」

沈淵輕笑出聲。「那我也試試吧。」只是，他並沒有從瓦罐中挾醬蟹來吃，也沒有從紙包中拿白切糕來吃。

沈淵探過身子，咬了秦冉手中的白切糕一口，而且還是咬在秦冉咬過的地方。

他直起身子來，笑看著秦冉。「味道的確很不錯。」只是不知道，他說得究竟是不是白切糕了。

秦冉愣住了，傻傻地拿著手裡的小半塊白切糕。她本以為像沈淵這樣持身清正的人是不會逾矩的，當初他最多也就是抱著自己而已，還非常克制。

但是他今天竟然動嘴了，她當然驚訝不已。「你……」

「嗯？」沈淵微微歪頭看著秦冉，就好像自己什麼也沒有做一樣。「哦，阿冉是覺得我還沒有嚐出味道嗎？沒事，再來一次就好了。」他伸手將秦冉的頭按了過來，吻上了那兩片覬覦已久的紅唇。

沈淵的吻就像是他這個人一樣，滿滿的溫柔。他先是用舌尖一點點地觸碰她，等到秦冉被迷惑的時候，就叩開她的唇，開始攻城掠地。

氣息漸漸變得炙熱，只是他的那份溫柔依舊。

良久，沈淵才放開了秦冉。「味道很好。」他的聲音相較往日多了幾分沙啞。「多謝款待。」

秦冉被吻得暈暈乎乎的，手上的筷子掉了都不知道。她聽見沈淵這樣說，下意識地說了一句。「不客氣。」

沈淵輕笑出聲。怎麼辦，他的小阿冉實在是太可愛了啊！

啊，又丟臉了！秦冉聽見沈淵的笑聲，這才回過神，臉頰羞紅不已，低著頭，像是要埋到土裡一樣。

沈淵笑完了以後，湊到她的耳旁輕聲說道：「其實，我日思夜想已久，今日算是得償夙願了。」

他一直這樣逗她，倒是逼得秦冉多了幾分氣性。她伸手把一直攥在手裡的白切糕三兩口吃了，然後伸手攬上了沈淵的脖子，衝勁十足地吻上了他的唇。哼哼，她才不會輸呢！

沈淵先是驚訝不已，而後卻是微微啟唇，將秦冉拖過來，小心地纏繞著，而後，他將秦冉整個人都抱在膝蓋上，恣意享受著她的美好。這樣送上門的美事，他如何會拒絕呢？

半晌，秦冉終於被放開了。她哪怕還在雲裡霧裡，但輸人不輸陣的架勢擺了出來。「哼，我才不會輸呢。」

沈淵抱著人，帶著寵溺說道：「對，阿冉如何會輸呢？今日，是阿冉贏了。」至於到底誰輸輸贏並不重要，反正……沈淵微微笑了，笑意如同春風一般。

秦冉嘟嘟嘴，總覺得好像哪裡不太對，但是又不知道哪裡不對的樣子。嗯，現在頭還是有點暈，等到不暈了再想好了。

於是，秦冉將頭靠在沈淵的胸膛上，不再說話。

沈淵心滿意足地抱著人，也不說話了。

兩人靜靜地看著涼亭外面的雨，淡淡的溫馨彷彿在靜靜流淌著。

「阿冉？阿冉！」

「啊？」女子寢舍之中，秦冉回過神來，用迷茫的眼神看向喊著自己的人。「阿雨，出什麼事情了嗎？」

方雨珍沒好氣地瞪了她一眼。「哪裡是發生了什麼事情啊，應當是妳遇到了什麼事情才對吧？我喊了妳好幾聲都沒有反應，還要我大聲喊才有反應。說，妳到底是遇見了什麼啊？」

秦冉想到了沈淵的吻，還有沈淵身上的味道，臉上立時就紅了。「沒、沒有啊！」

方雨珍挑眉。阿冉這副支支吾吾的樣子，誰會相信沒有啊？但是，瞧著她臉上的紅暈，嘖，八成還是和沈淵有關係吧！哼，訂親了的人就是不一樣。「妳不是說今日要做涼蝦嗎？我都把米漿給弄好了。」

阿冉和沈淵之間的事情，她還是不要過問了，反正看情況他們很是不錯的樣子，自己要是問了的話，免不了徒增尷尬。當然，還有一個原因就是，對於方雨珍來說，還是吃的最重要。

誰教她去年吃過阿冉做的涼蝦以後，驚為天人，念念不忘。咳，雖然阿冉做的每一種吃食她都覺得念念不忘就是了。

「哦、哦，好啊。」秦冉站了起來。「那麼我們一起做吧，反正挺簡單的。」

「好啊！」方雨珍果然高興起來了。「我弄的米漿可多了，院子裡的姊妹們一起吃，都能夠剩下好多呢！」

「這樣啊？」秦冉有些遲疑。「若是剩下吃不完，浪費了可不好。」

「對啊，浪費東西不好。」方雨珍點頭。「所以，做好了以後我想要送一些給阿清。」

秦冉訝異地看著方雨珍。「阿清？唐文清嗎？」

方雨珍點頭。「對啊。」

秦冉不由得問道：「妳怎麼想到給他送吃食了？」雖然說他們六個人已經算是朋友了，但是對於護食的阿雨而言，會想到給別人送吃食，真的是很奇怪的事情。

方雨珍聳聳肩。「他上次送了我好些玫瑰糖呢，我也要還禮的。」至於玫瑰糖是她幫忙收拾了唐文海才收到的事情，就不怎麼重要了。「而且，涼蝦容易做嘛！」

秦冉這才笑了。「難怪，原來是涼蝦容易做而且有很多，所以才往外送，對嗎？」

「嘻嘻！」方雨珍攬著秦冉的手臂搖了搖。「看破不要說破嘛！」

秦冉笑了。「既然都送了，那不如就一起送吧。沈淵和阿成那邊，總不能沒有。」說到了沈淵的時候，她的語氣有點飄。

「嘖嘖嘖！」方雨珍笑看著秦冉。「明明就是想要送給某人，偏生扯了阿成來做擋箭牌。」

秦冉的臉頰紅撲撲的。「才、才沒有呢，我是光明正大的。」對，沒有錯，就是光明正大。

「妳們在說些什麼呢？」孔昭從外頭進了院了，就看見方雨珍和秦冉在說笑，便隨口問了句。

秦冉搶先在方雨珍開口之前說道：「我們在說要一起做涼蝦，也給沈淵他們三人送些過去。」

孔昭點點頭。「那我把書放回去，我們一起。」她們肯定還要做院中其他人的份，單單讓她們兩人來也太辛苦了些。

「好啊，一起做。」

涼蝦一般都是甜口味的，加上紅糖水，然後放上喜歡的蜜餞絲或者水果粒就行了。但是秦冉前世的時候曾經吃過酸辣口味的，夏日裡胃口不好，酸酸辣辣的很是開胃，她也喜歡上了。

但是秦冉每次做涼蝦都不是自己一個人吃，大家的口味不一樣，所以她都是準備一種甜口味的涼蝦，一種酸辣口味的。不管是院中的姊妹們，還是給沈淵他們三人的，都有兩種選擇。

只是，因為秦冉不好意思去，孔昭乾脆喚了嶽山書院的雜役送過去，正好也可以給她們省時間。

收到涼蝦的沈淵自然是驚喜不已，這代表阿冉一直記掛著自己。只是，還要分給唐文清和盧紹成，就教他有些不高興了。這兩個人，給他們吃當真是可惜了。

盧紹成才不管沈淵的臉色呢，他仔細問過雜役了，說是孔昭也有份做的，那麼也可以說是孔昭為了自己做的，這涼蝦就算是放了毒藥，他也是要吃下去。

「嗯？」沈淵抬眼看著盧紹成。「阿成，你似乎有些奇怪。」

「沒有啊，我很正常啊。」盧紹成手腳麻利地給自己盛了一碗。「今天的我和昨天的我沒有什麼不一樣。」

唐文清不甘於人後，也盛了一碗。「不是，你和昨天還是有差別的。」

「哦，對。」盧紹成想起來了，而後點點頭。「我和昨天不一樣的是，我今天發現我喜歡上了孔昭。沈淵，你是怎麼追求阿冉的，也教一教我唄！」他喜歡的人是誰雖然不能夠告訴皇帝叔叔，但是讓沈淵和阿清知道卻是沒有問題的。

一則是因為他知道他們絕對會守口如瓶，二則是因為皇帝叔叔對他的婚事太操心了，盧紹成怕弄巧成拙，才不告訴他。

當然了，要是皇帝叔叔一定要知道的話，派人查一查也是可以知道的。但是皇帝叔叔從小就尊重他，除開功課不能賴掉，他從來沒有勉強過自己，所以，盧紹成才能夠有恃無恐。

反正，他想想也知道自己喜歡的人是嶽山書院的，不會覺得是什麼別有用心的人，然後著急上火。

哎呀，自己真的是太懂事，太體貼長輩了呢！盧紹成搖頭晃腦的，給自己的臉上又貼上了一層皮，完全不怕厚。

正把剩下的涼蝦全都劃拉過來的沈淵手一頓，差點把涼蝦給撒了。他驚訝地看著盧紹成。「你說什麼？再說一次？」

「他說他喜歡孔昭。」唐文清翻白眼。「不過我認為他們之間成功的可能不高啊！」

沈淵點頭。「說得極是。」

盧紹成捧著碗一臉迷茫。「為什麼不高？我和阿昭沒有什麼不相配的地方啊？」

唐文清對著盧紹成假笑。「因為孔昭她不眼瞎啊！」

「嗯？」盧紹成一時間沒有反應過來，而後氣憤地看著唐文清。「唐文清，你給我說清楚是什麼意思？什麼叫做眼瞎？我這麼好，看上我不是很正常的事情嗎？」

唐文清把碗往後挪了挪，避免他太激動，弄撒了碗中的涼蝦，這可是阿雨做的。「我說的是事實，你可不要惱羞成怒。」

盧紹成把自己的碗放在沈淵的身邊，確保安全無虞，對著唐文清就衝了過去。「我今日就要和你決一死戰！現在、立刻、馬上！」

「欸欸欸，你還當真惱羞成怒了啊！」唐文清一個轉身，把碗也放在沈淵的身邊。「別太過分啊，我會還手的。」

「來啊，就怕你不還手。」

「我還能怕了你？」

「來！」

「來就來！」

沈淵端著碗，默默地嘆了口氣。

第三十九章

如果說近來嶽山書院最為轟動的事情，那必然就是沈淵訂親的事情，而且訂親的人選也讓眾人驚訝不已。在各種偷偷地、光明正大地圍觀過那名和沈淵訂親的女子以後，很多人的心中都更加驚訝了。

可是瞧著沈淵每天很是開心，而且經常在那位女子身邊出沒以後，他們也無甚好說的了，只能說沈淵喜歡的就是這種類型，改不了了。許多暗中傾慕沈淵的女子也只是糾結一陣，就將此事拋諸於腦後了。

因為聖壽快要到了，不管是民間的慶祝還是宮中的宴席，都讓嶽山書院不得不放假；尤其是嶽山書院泰半的學生都是官家子弟，隨著家中父母入宮赴宴也很正常，若是不放假，實在是麻煩。

於是，在放假之前，嶽山書院的夫子們為了防止學生們鬆了那根弦，各種隨堂小考全都上了。畢竟等到明帝聖壽過去以後，就是期末考了，當然要重視。

這樣的壓力之下，哪裡還會有人去關心別人的感情呢？

對此，秦冉很是欲哭無淚。果然，不管古今，夫子們對付學生的辦法都是一樣的。嗚，這樣頻繁地考試，真的很讓人虛脫啊。

看著秦冉像是掉光了毛的小貓一樣蔫蔫的，沈淵只覺得好笑不已。「今日食堂的師傅做了荷花豆腐，妳若是不趁熱吃，怕是就不好吃了。」

「荷花豆腐?!」秦冉立時就直起了身子。「你怎麼知道我喜歡吃啊？」

沈淵拿起自己的筷子，挾了一筷子放在秦冉的碗中。「我只是知道，好吃的東西，妳都會喜歡而已。」

秦冉略帶羞澀地笑了笑，而後嚐了一口。「清淡爽口，師傅的手藝又增進了。」

「大約是不想我們從宮中回來以後，抱怨食堂手藝不如宮中？」想到往年的場景，沈淵不由得笑了。

秦冉的眸底微微發亮。「所以，宮中的膳食好吃嗎？」

沈淵點點頭。「那是自然。」而後他壓低了聲音，小聲地說：「但如果分到的位置離皇上比較遠，上菜慢，味道可能就會差些。」

秦冉想想就明白了。「因為距離遠些，所以上菜的速度就慢些，菜涼了，味道就差了些，對嗎？」

沈淵笑著點頭。「是。」

兩人獨自坐在角落裡面有說有笑的，但是坐在他們隔壁的幾人心情就不太好了。

方雨珍無奈地按著額頭。「我們為什麼要坐在他們旁邊呢？」這不是自己找罪受嗎？以往的話還好，但是現在只要沈淵多說兩句話，阿冉的心思就會轉移了，然後就注意不到旁邊的人事。

說起來，沈淵往日的名聲都是什麼有匪君子、端方清正，呸！方雨珍經過這段日子以來，已經徹底看透了這個人，黑心得很，他明明就是想要霸占阿冉的注意，卻不會明說，而是暗地裡用各種方式讓阿冉的心思都在他的身上。

這個人，心機得很。方雨珍狠狠地咬了一口筷子挾著的魚肉，把它當作了沈淵，用來洩憤一二。

坐在方雨珍身邊的孔昭覺得好笑不已，只是下一刻，卻覺得有人一直在看著自己。她抬起頭，看到盧紹成晶亮的雙眸。「盧同學？」

「叫我阿成就好了。」盧紹成坐得挺直。「妳可是需要什麼東西，我拿給妳。」

孔昭客氣地笑笑。「並沒有。」她低下頭用飯，再不言語。

盧紹成這樣的眼神她看過的夠多，自然不會為此苦惱，只要她不理睬，置之不理，過不了多久就會放棄了。

只是，孔昭不得不承認，相比起以往那些人，盧紹成還是有不一樣的地方，大約是他的眼神格外明亮。越是了解他就越明白為何皇上會這樣寵著他了，赤子之心難得，尤其是身在京城這亂局之中。

只不過，他們終究還是不可能的。

見孔昭不理睬自己，盧紹成的眼神黯淡了片刻，不過馬上又振作了起來。她沒有討厭自己，這不就夠了？皇帝叔叔說了，女子都是矜持的，要多給她信心才行。

嗯，他一定會好好努力加油的！

唐文清只是偶爾和方雨珍說話，就像是尋常朋友那般，沒有半分逾矩。但是對於外在表現得很是熱情隨意的唐文清而言，這樣的克制本身就有問題了。

只是方雨珍絲毫未察覺，還覺得唐文清是一個大好人，今日每人限量一份的荷花豆腐都讓給她了。

皇宮之中，明帝正在御書房召見重臣。他從桌子上那一堆的奏摺之中拿了幾份奏摺來。「你們都看看吧，這些說的都是同一件事情。」

幾人上前拿過奏摺翻開來看，而後互相對視一眼，無非就是在示意，到底誰先開口罷了。

明帝當作沒有發現他們之間的眉眼官司。「都說說，有何感想？」

沈弘明合上奏摺，說道：「蠻族使團在上京賀壽的途中遭遇歹徒刺殺，幾不復存，此乃大事，應當交由當地的衙門好好追查此事才是。雖說蠻族向來不如何守禮，但我們身為大國，卻不能不理睬。」

他的言下之意就是，這件事情說不定是那些蠻族人在什麼時候、在哪裡得罪了什麼人，這才引來了殺身之禍。雖然被刺殺的地方是在大魏朝境內，但是畢竟不是他們做的，交給衙門好好追查就是了。

其餘的，不能賴在魏朝身上。

但是在場的人誰不知道，若是真的要追查這件事情的話，應該是派遣欽差前往，專門調查這件事情。而且既然能夠一路伏擊蠻族使團，還沒有留下任何一個人的屍體，就說明這樣的人武功奇高。

各地的衙門並沒有這般好的人手可以追捕這樣的人，說是交給他們處理，其實相當於不處理了。不過都是官面上推脫的文章罷了，這樣的事情，他們都是做慣了的。

左丞相同意點頭。「沈尚書說得很是有理。」

左丞相都同意了，其他人自然也是同意的。且先不說這件事情根本就不值得他們專門派人調查，因為是蠻族人，他們沒有自己下黑手就已經不錯了，查什麼查？如果是其他國家派來的使團的話，還會認真追查，但是蠻族？誰不知道這蠻族使團來者不善，何況他們還派了兩批人。

這下看來，只能夠說是老天爺不想要蠻族的兩隊使團都能夠順利到達。這是他們的命，不然為什麼其中一隊被殺的就剩下兩、三個人，另一隊卻是完好無損呢？

天意如此，他們皆為凡人，如何能夠與之抗衡呢？當然話雖如此，但是官面上的文章還是要做一做的。

左丞相摸了摸自己的鬍子。「既然蠻族使臣遭遇險境，老臣認為還是要伸手拉上一把，不如就派一個禁軍前去保護他們吧。」

一個禁軍？這樣促狹的左丞相讓明帝都差點笑出來了。一個禁軍能夠做什麼？也就是引路而已吧，再說，那楊承達還活著呢，實在是沒有必要。

明帝輕咳了兩聲。「丞相所言極是，既然如此，朕就下令讓禁軍過去保護使臣吧！」道義上該做的都已經做了，要是還遇到危險的話，就不能夠責怪大魏朝廷了。

畢竟這上路有風險、行人須謹慎的事情，在大魏朝，可是人人皆知。

夜深了，一個偏僻的山洞裡面，楊承達正在給自己上藥。

在昨天的襲擊之中，他的左手臂被砍傷了，現在自然需要換藥。

嘎魯原本還會對著楊承達發脾氣，現在卻不發脾氣了。一是因為他實在是沒有力氣，二是因為他發現楊承達雖然膽子小，卻也是有用的。正是因為他膽子小，總是能夠發現一些嘎魯發現不了的危險，他們幾人才能夠活到現在。

那些黑衣人不知道到底是什麼來歷，身上的功夫實在是教嘎魯看不分明。有的時候像是扶桑那邊的，有的時候卻又像翡翠國那邊的，有的時候還像是他們蠻族的。

他現在也不想別的了，就想著能夠活下去。原本前天還跟著大魏朝的官兵們一起上路，但是昨日的襲擊教他們全都分散開了，幸好他們四個人一直都在一起，這才沒有分開。

楊承達給自己包紮好了以後，就這樣靠在石壁上，閉著雙眼歇息。

看著他這樣，嘎魯三個人也閉上眼睛歇息了。

這一輪的刺殺已經來過，下一次至少要在後天，所以他們能夠稍稍休息。該死的，要是讓他抓到了那些人的話，一定要把他們剝皮拆骨！

不知道什麼時候，山洞外面飄來了一陣煙，不多時，山洞裡面的幾個人就全都暈過去了。

此時，一片寂靜無聲，不管是山洞裡面還是山洞外面。

突然，楊承達睜開了雙眼，看著站在他面前的人。「羅——」

東先生俯視著楊承達。「嶽山書院的人都叫我東先生，你也這麼叫我吧！」

楊承達輕笑了一聲，笑意之中含了些什麼。「東先生？妳也成先生了，若是教那些死在妳手底下的人知道了，豈不是笑掉大牙？」

東先生笑了。在昏暗的山洞之中，她的容貌依舊如同明珠一般熠熠生輝。「死了的人，還能知道什麼？何況，我如何就做不得先生？你也是我教出來的，你都能成什麼狗屁大人了，還敢管我成為什麼？」

楊承達沈默了片刻。「你們到底要做什麼？這樣追著一路，殺的人也不算少了吧。」

「蠻族動了我的學生，我當然要十倍奉還。」東先生的神態漫不經心。「若不是我還要回去給我的學生們考試，蠻族王庭我也不介意闖一闖的。」

不，這句是假話。她可以在蠻族搞事情，但是王庭還是需要慎重對待，到底是多年老對頭，要是這麼真的容易解決，魏朝早就滅了他們了，而且王庭似乎還有殺手鐧，他們不得不防。

楊承達嗤笑了一聲。這個女人謊話連篇，他不知道到底哪一句是真、哪一句是假。「還要追多久？」若不是發現是他們下的手的話，他早就還手了，更不必假裝自己受傷，被砍了一刀。

他瞧了一眼自己受傷的手，皺了皺眉。如此不整潔，實在是讓他覺得不舒坦，等到回去京城，他一定要好好沐浴更衣一番才是。

「不追了。」東先生扔了一瓶藥給楊承達。「慕容做的傷藥，給你了，免得說我不顧往日情分。」說完她便轉身離開了，端的是瀟灑。

楊承達收起了小瓷瓶，卻不準備用，不然就在嘎魯的面前露出馬腳了。那個女人果然就是想要看到他倒楣吧！嘖，最毒婦人心，尤其是她的心。他又閉上了眼睛，假裝自己睡著了，否則武功低微的他卻比嘎魯還要早醒過來，他可沒有辦法解釋。雖然嘎魯看著是個粗獷的蠻族人，可是心思卻並不粗獷。

東先生走到了山洞外面，對著等待自己的人點點頭，而後他們就全都消失了，彷彿山間突然起的霧一樣，風一吹，就散了。

數日後，京城中鴻臚寺下屬使臣館裡面，兩隊蠻族使臣團終於得以相見了。只是，其中一隊只剩下了嘎魯和他的兩個屬下；至於另一隊，蠻族的三王子和小公主帶領的人卻是完好無損。

三王子和小公主看見嘎魯他們居然只剩下了三個人，震驚不已。「你們這是怎麼了？」

嘎魯雖然在來京城後，在鴻臚寺之中休整了小半日，也換了衣裳，但是形容依然很是憔悴。「不知道究竟是得罪了哪路人，這一路上都遭到了追殺，到了京城不遠處才好些，不然的話，王子和公主怕是看不見臣了。」

第四十章

三王子本就是個暴躁性子，這一聽，立時就坐不住了。「這魏朝的人怎麼回事？難道都不保護使臣的安危嗎?!不行，本王子一定要面見魏朝皇帝，叫他給我們一個交代！」

小公主瞪了他一眼。「三哥，你有沒有腦子？嘎魯既然都已經到京城了，難道你覺得魏朝皇帝會不知道這件事情嗎？」

三王子的動作一頓。「小妹的意思是？」

小公主看著嘎魯說道：「其實你已經將這件事情上報了，對吧？」

嘎魯點頭。「我一開始就已經告知魏朝官府，他們也派出了人守著我們，但是沒有用，那些人全都是高手。不管我們怎麼躲、怎麼藏，甚至是和魏朝人換了衣服，他們依舊能夠認得出我們，下毒、暗殺、偷襲，無所不用極其，到了最後，就剩下我們三個人了。」

如果不是因為魏朝有人出來保護他們的話，嘎魯對這件事情肯定是不會善罷甘休的，但是他們派了人，也努力保護了，雖然根本就沒用。不知道那些暗殺者到底眼神是怎麼長的，完全避開了魏朝人，就是盯著他們這些人。

即便他們在一百多人的魏朝官兵的中心，依舊有各種出乎意料的方式能夠將他們給殺了。所以到最後，嘎魯也不想跟著魏朝官府的人一起行動了，因為根本沒有用。最後還是靠著楊承達，他們才沒有全軍覆沒。

三王子卻依舊是不服氣的樣子。「那這魏朝皇帝無所作為總是真的吧？難道我們就不能夠用這件事情問責嗎？我就不信這魏朝敢隨意得罪我們，不然的話，就讓父王的騎兵南下。」

小公主懶怠和這個蠢貨爭辯，而是看著嘎魯。「魏朝皇帝可有反應？」

「魏朝皇帝也派了人來，可是我們那個時候一直躲著，他沒有找到我們。而且……」嘎魯嘆氣。「那些人用的招式實在是太複雜了，周圍國家的招式都有，甚至還有我們蠻族自己的招式，我們根本就沒有辦法憑藉這一點問責。何況魏朝皇帝未必想開戰，但是大王他……」

嘎魯的話雖然沒有說完，但是三王子和小公主卻是明白的，尤其是小公主，她的母親是蠻族貴族，是蠻族王的閼氏，出身高貴，比較了解事情；而三王子的母親只是一個卑賤的女奴，所以即便是王子，但是在身分上，卻還是小公主比較高貴。

如今蠻族內部也是情況複雜，雖然看起來蠻族已經沒有多少疲態，比之當初盧家三父子攻打他們的時候好了很多，但是因為盧家還有後人在，蠻族的很多貴族都不想再來一次被打到家門口的感覺，強烈反對蠻族王想要南下的決定。

即便蠻族王是王，也不能夠一意孤行，尤其是這些貴族的手上都有兵。這一次他們派人前來魏朝，為的就是要探聽那位盧家後人到底是什麼樣子的，是否能像他的父輩那樣征戰沙場。

若是不行的話，那麼蠻族王的提議就會讓許多人心動。尤其是魏朝如此繁華，哪一個蠻族人能夠不動心呢？若是能夠探聽到更多的機密那就更好了，這便是他們此行前來的目的。

原本蠻族王只想要派一隊人，但是在他的智囊提醒下，又覺得派兩隊人馬會更好些。三王子和小公主這邊高調前行，嘎魯那邊就低調前行，說不定可以偷窺到魏朝一些關隘的排兵布陣之類的消息。

只是沒有想到，現在卻被殺得只剩下三個人，他們保命都困難，更不要說查探別的東西了。

在什麼都不知道的情況下問責魏朝皇帝？呵，怕是覺得死得還不夠快吧！

三王子憤恨地搥了桌子。「這也不行、那也不行，那該怎麼辦啊？」

小公主說道：「後天就是聖壽宴了，明日我們各自出去隨意逛逛，探聽一下那位盧家郎君，聖壽宴上的事情就按照原計劃，總之，一切見機行事。」

三王子有些不甘，但是卻不敢反對小公主的話。「知道了。」誰讓她天生尊貴，不是他這樣卑賤血脈的人可以反駁的，何況出行之前，父王把指揮的權力都給她了。

小公主點點頭。「行了，奔波了一路，大家都累了，先去歇息吧。如此，明日才有精神。」

「知道了，小妹。」

「是，小公主。」

三王子和嘎魯退出小公主的房間，兩個人交換了一個眼神，沒有說任何一句話。

三王子回到了自己的房內，就那樣坐在桌子旁發呆。良久，他才惡狠狠地將桌上的一個杯子給捏碎了。

不就是憑著母親是闕氏才能高高在上嗎？哼，等他將她毀了，那個時候倒是要看看她還能不能夠笑得出來。

至於小公主的房內，小公主在侍女的服侍下換了衣裳，上床準備歇息了。

她突然開口說道：「知道嗎？有的時候戲太過，就很假了。」

兩個侍女面面相覷，卻沒有回答。很多時候小公主說話只是因為她想說，並不需要別人回答。她們要是敢自作主張，大概明天就會被拉出去鞭笞一百鞭子了。

果然，小公主上床閉上眼睛，並沒有要兩個侍女回答的意思。

兩個侍女看著小公主睡著了，蜷縮在床腳下，也靠著休息。

謝如初正在給自己院中的花草澆水，看見走進來的東先生，他大喜。「東先生回來了，探親探得如何？」

東先生笑了，比此時院中盛開的花還要嬌豔無雙。「一切順利。」雖然還不能夠讓她真的滿意，但也算是解氣了一些。「只不過，最近幾天我怕還是不能夠待在書院了。」

謝如初雖然是山長，卻也是明白的。「京城風雨多，妳要回家去看看是否有窗櫺需要修繕了。」

「是的。」東先生對著院長福了一禮。「又要煩勞山長了。」

謝如初笑了。「無妨，反正最近書院也放假了。」

東先生說道：「如此，就先行告辭了。」

「可要先去見一見慕容大夫？」謝如初說道：「這天氣變化快，還是備下一些常用的藥丸子，免得到時候麻煩。」

東先生點頭。「自然是要去見一見慕容的。」拿一些藥丸子，也好給「客人們」嚐一嚐啊！

東先生走後，謝如初還是認真地為院中的花草澆水。他走到水井邊，給自己打了一盆水，洗了洗手。

他站起來，看向了京城的方向，眼底滿是憂慮。

蠻族此次前來絕對是不懷好意，只是不知道到底要在京城搞出什麼事情，不知道楚玉是否會從她的莊子出來。

當初定下北上抗擊蠻族，就是有楚玉的大力支持，之後盧家三父子因為順王屈辱地戰死，教她心中一直無法釋懷。此次蠻族出現在京城，難保她……

謝如初搖搖頭。應當不會的，都六十幾的老太婆了，脾氣應該比當年好多了，不會亂來的……吧？

大概吧？

「哈啾！」一個很小的莊子裡，楚玉打了個噴嚏。

「先生，不是說不讓妳出來的嗎？」中年僕婦從廚房中走出，看著楚玉就像是在看一個不懂事的小孩子一樣。「先生得了風寒，需要好好休息才是。」

楚玉滿不在乎地擺擺手。「大夫都說了無甚大事，只是一點小風寒而已，阿滿太慌張了些。」

「那大夫也說了讓妳好好休養呢，晨間露水重，不要在這裡待著。」阿滿才不會被楚玉帶偏了。「我給先生熬了神仙粥，吃下去能好得快些。」

「可是我——」

「先生！」阿滿的臉拉下來了。「妳要是不進去，我可就要生氣了。」

楚玉無奈。「好吧、好吧，我進去就是了。」她站了起來，從院中往裡面走，邊走還邊搖頭。「唉，我都不知道我是給自己找了個僕人，還是找了個管家婆。」

阿滿冷笑。「看著先生，可是比做管家累多了，再說，我做的事情，也不比管家做得少，先生要是再任性，我就上嶽山書院找山長大人了。」她是山長大人找來伺候楚先生的，自然要盡職盡責。

這楚先生或許在別的地方是大才，但是在阿滿看來，就是個老小孩。小脾氣和別人家的小孫孫都差不多了，也就是她生得臉凶，不怕楚先生拉下臉，否則楚先生根本就不肯聽話的。

例如今日，都得了風寒了，不就應該要好好休養嗎？

楚玉乖乖地喝著神仙粥。「阿滿啊，我都喝粥了，妳就不用這麼看著我了。」

「那不行，」阿滿搖頭。「蠻族使臣已於昨日進京城，先生肯定坐不住要去找麻煩，所以我要看著，不能夠讓妳亂跑。除非妳風寒好了，否則想都不要想。」

山長大人之前說過了，什麼都沒有楚先生的身子重要，要以她的身體康健為首要。反正那些蠻族人又不會馬上就跑回去了，找麻煩的事情可以後面再說。

楚玉不由得心虛地縮了縮脖子。「我沒有說要進城啊。」

「呵。」阿滿冷笑。她才不相信呢。她又不是什麼沒有讀過書的鄉下村婦，這二十幾年來照顧楚先生，也對她知之甚深。總之，不要想能逃過她的法眼。

楚玉再一次嘆息，她家的下人比她還有派頭呢。

阿滿從被謝如初送來以後，伺候了她二十幾年，跟著她輾轉各地，孤身一人。她為了自己這樣付出，楚玉自然沒有辦法反駁阿滿的話。尤其這些話還是為了她好，她又不是什麼好話、賴話都聽不懂的。

更何況，她早就被阿滿管習慣了，於是，她只能夠乖乖喝粥了。反正蠻族人沒有那麼快跑，她還是有機會去找麻煩的。

看到楚玉肯聽話了，阿滿這才滿意地點點頭。那些蠻族又不是什麼重要東西，能教先生折損自己的身子趕去嗎？不值得的。

至於先生想要進京城的想法，阿滿也是心知肚明。可惜先生雖然智計無雙，但是身嬌體弱的，根本抵抗不過她，她是絕對不會讓她離開莊子進京去的，想都不要想了。

想著後面可以偷跑的楚玉美滋滋的，卻不知道從今以後被看得死死的，這大概也算是一物降一物了吧！

正在京城街頭逛街的蠻族人不知道自己被這樣看低，原本三王子和小公主昨日的計劃是今日分開行動，可是他們剛走出鴻臚寺，就有官員笑著走出來說要陪同。
看著他們準備分開的樣子，鴻臚寺官員何雙笑了笑，輕聲說道：「三王子、小公主，你們對於京城不甚了解，最好還是莫要分開來。這京城的大街小巷多得是，雖說有五城兵馬司的人巡邏，但也難免有疏漏。若是三王子和小公主有什麼磕著、碰著的，我們可擔待不起。而且我們京城百姓有時候熱情得很，下官也怕二位消受不來。」
何雙的意思其實是說當年兩國交戰，大魏朝的百姓死傷不知道多少，這京城之中的百姓對於蠻族人可是恨之入骨，若是三王子和小公主到處亂走，在五城兵馬司的人看不到的地方被人給襲擊了，那就不好了。
三王子暴怒。「你在胡說八道些什麼？我們就是要分開，你能奈我何！」
何雙不卑不亢，臉上還是帶著和善的笑意。「那就請三王子和小公主恕罪了，臣怕是不能讓二位出去。嘎魯大人是一路受傷過來的，楊大人也跟著吃虧，怕是要丟官，到現在還等著上面的指令呢，下官可不想也跟楊大人一樣。」
三王子還要說些什麼，卻被小公主給制止了。「夠了，三哥，不要為難何大人了，他畢竟是職責所在，我們不好強求，既然如此，我們不分開就是了。」
何雙面上的笑意不變。「還是小公主體恤下官。」
三王子憋著氣。「小妹，我們走吧。」

「嗯，好。」

三王子和小公主帶著人往外走，就看到何雙也跟了上來，他的脾氣又要炸了。「你跟上來做什麼？」

何雙仍舊是笑著。「下官這也是職責所在，不能讓二位有什麼不妥之處啊！還望見諒，還望見諒。」

小公主拉住了三王子的手。「三哥，有人領著我們也好。」想也知道這個何雙跟上來是要監視他們的，但是這監視擺在了明面上，總比在暗處好一些。

三王子繼續憋氣。「走了。」他一邊往外走，一邊還在嘴巴裡面嘟嘟囔囔的。「來了魏朝，真的是做什麼都不順利。」

他的聲音不小，周圍幾個人都是聽得清清楚楚的，只是，聽見這話的何雙好像完全沒有聽見一樣，笑意依舊。

鴻臚寺內的一個人看著他們走出了鴻臚寺的使臣館，不由得笑了出來。「何雙這個笑面虎，往日裡挺不招人待見，但是對上蠻族，還是可以的。」

此人就是明面上被問責了的楊承達。

其實不過是他還要養傷，找個由頭躲起來了。嘖，只是誰也沒有想到，他會在鴻臚寺裡面。

楊承達不由得嘆氣，可惜他不好出面，不然坑蠻族人一把也好啊。可惜，實在是太可惜了！

第四十一章

因著三王子和小公主的蠻族服飾，這一路上的人都在瞧著他們，只是眼神很是怪異，不是三王子和小公主想像中的仇恨，而是另外一種他們不太明白的情緒。這京城人都怎麼回事，都這麼古古怪怪的嗎？

隨行的何雙依舊不說話，臉上依舊掛著萬年不變的笑意。

小公主對著三王子使了個眼色，手指動了動，比劃了一個只有他們懂的手勢。

三王子轉過身看著何雙。「何大人，你知道盧元帥和他的兩個兒子的墳塋在何處嗎？」

何雙的笑意有了片刻的凝滯，只是外人看不出來而已。「不知道三王子問這個做甚？」

三王子笑得囂張。「雖然當年我們兩國關係不怎麼好，但畢竟也過去這麼多年了，我們蠻族人向來最敬重英雄，當然是想要去盧元帥的墳塋上一炷香，瞻仰一下。」

何雙心生憤怒。瞻仰，怕不是挑釁吧？「抱歉了三王子，這是盧家的事情，下官不過是外人，不能過問，更不能帶人前去。」

啊，真的好想要將眼前這個人給弄死啊！先割斷他的喉嚨，但是不要太深，不然就會死得很快，要教他慢慢地死，要看著他的面上全是恐懼才行。

儘管心中想著的都是一些血腥的畫面，但是何雙的笑意依舊。他向來就是這樣，才會被楊承達說是笑面虎。

周圍百姓一聽三王子提及了盧家三父子，憤恨便湧上了心頭，原本怪異的眼神立時就變成了痛恨，似乎只要他再多說一句話，他們就會一擁而上，將這個什麼狗屁王子給撕碎了。

雖然盧家三父子的死有一部分是逆賊順王的關係，但也是因為當年蠻族的小王子設計的。他們這些蠻族人來到京城不安分一點，居然還敢提起他們，是想死嗎？

「你若想要知道，為何不親自來問我？」

他們一行人正好在鴻禧樓附近，此時，一名郎君從二樓的雅間一躍而下，站在三王子和小公主的面前。

「我祖父和父親、叔叔的墳塋，我最清楚了。」

這個人就是盧紹成，正好聽見了這些話，氣得就從二樓翻身跳了下來。

說來也巧，今日是他們六個人相約溫書的日子。

實在是無奈，誰讓嶽山書院的夫子們下了狠手，他們害怕若是不好好地溫書的話，等到聖壽結束回去，考試成績一出來，就是要接受夫子們「愛的教育」的時刻啊！

但是在家中溫書實在是效率不高，想著之前大家一起溫書複習很是順利，所以乾脆就約了一起出來——雖然需要這個樣子複習的，其實只有秦冉、方雨珍和盧紹成。

至於沈淵、唐文清和孔昭，他們從來都不怕任何考試。

只是他們都沒有想到的是，不過是在雅閣之中溫書複習，就聽見了樓下的聲音。那個男聲實在是囂張至極，聽了便令人厭惡。

盧紹成打開窗戶一看，發現原來說話的人是蠻族，再聽他用那種態度提起祖父他們，登時就火上心頭，跳了下去。

他還沒有去找這些蠻族人麻煩，他們倒是找上門來了？好狗膽啊！

「你……」三王子想想剛才這個人所說的話，眼底帶了些什麼，而後嗤笑道：「原來你就是盧家那個從來都沒有上過戰場的遺腹子？」

盧紹成的手猛地握緊。眼前這個蠻族人，一字一句都戳在了他的死穴上。

「對。」唐文清也跳了下來。「就是那個殺到了你們蠻族王庭的盧家兒郎。」他雖然面帶笑意，眼底卻滿是嘲諷，這一字一句也都戳在了蠻族人的死穴上。

大家都知道，若不是當年順王那個扯後腿的，盧家三父子可以直接挑了整個蠻族。畢竟盧元帥可是直直殺入蠻族王庭，殺得當時的蠻族王和貴族面上毫無血色。

這是蠻族的奇恥大辱，唐文清提起這個，就是要下三王子的面子。他平日裡是喜歡坑盧紹成一把，但那是兄弟之間的小玩笑，不代表他會看著旁人欺負他。

「對，」盧紹成笑得燦爛。「不好意思啊，差點讓你們沒有家了。」

三王子一張臉憋得通紅，差一點就要動手了。

小公主上前擋住了三王子，不讓他衝動出手。他們現在畢竟還在他人國都，若是沒有理由先行動手，到時候怕是不好看。「二位郎君，我們不過是聽從父命拜祭一番盧元帥他們，你們不必如此激動。」

她的言外之意是當年盧元帥殺入了蠻族王庭又如何，現在還不是白骨一堆，可是她父王卻還活著，還是整個蠻族的王。

沈淵也跟著翩然而下。「這怕是不好。」他往日裡總是溫和的笑意，今日也帶上了些許冷冽。「若是你們祭拜了元帥以後回去作了噩夢，到時候告到皇上那裡，豈不是要教我們承擔這風險？」

小公主本來見著沈淵這樣一個俊朗少年落在眼前，哪怕知道他是大魏人，已然有些動心了，可是他說的話卻是讓她拉下了臉。

這個人的意思是他們蠻族人畏懼盧元帥，即便只是祭拜，回去以後都會作噩夢嗎？還說他們是無恥小人，要為這種小事去找魏朝皇帝？

小公主氣恨不已，原本嬌豔的容顏倒是更美上了幾分。

可是，這裡是大魏，他們是蠻族人，小公主再美，在魏朝人的心裡，那都是醜的。何況他們剛才那麼說話分明就是挑釁他們，居然膽敢侮辱盧元帥，乾脆打死他們算了。

圍觀百姓們看著蠻族人的神色越來越不對，眼看著就要動手了。

沈淵微微皺眉。「阿成，我看你倒是可以和皇上說說，這蠻族王子和公主來到了我們魏朝還不安分，明知魏朝上下都敬重盧元帥，卻依然如此挑釁，怕是要激起民憤。之後他們若是不小心被我魏朝百姓打死了，蠻族就有了出兵的理由，為了挑起戰爭，他們如此犧牲，也是不容易。」

不管怎麼樣，要先將蠻族的氣勢壓下去，也讓魏朝百姓們清醒些。若是當真對二王子和小公主動手，後果將不堪設想；若是做了別人手裡的刀，那才是親者痛、仇者快。

果然，聽見沈淵這麼說，百姓們看蠻族人的眼神立時就變了。還有人小聲討論了起來，說著蠻族人是多麼詭計多端、不擇手段，難怪總是有發動戰爭的理由，原來是用自己的骨血來作陷阱。

這樣一想，這蠻族的王子和公主過得也是真辛苦。不過也是，聽說蠻族王有十幾個兒子，七、八個女兒，不管是人還是東西，多了就不稀罕了，就算是死了一、兩個，也沒有什麼的。

小公主氣得抽出腰間的鞭子，朝著沈淵揮了過去。「賊子安敢辱我父王！」

沈淵側身躲過了這一鞭，瞬間抽出了唐文清腰間的摺扇，將鞭子捲了起來，一把扯了過來。他的武功比之小公主不知道高出多少，奪了她的兵器簡直是再簡單不過的事情。

「公主，這是我魏朝境內，您還是收斂些吧！」沈淵手下一使勁，直接將小公主的鞭子震斷了。

「好！」鴻禧樓上的秦冉方才見了那驚險的一幕，嚇得心跳都漏跳了一拍。現在看沈淵這般厲害，不僅沒有受傷，還下了蠻族人的面子，心裡高興不已，一個激動，鼓掌叫好起來。

秦冉鼓掌叫好了，鴻禧樓雅間裡面探頭出來看熱鬧的，還有樓下大堂的客人們，甚至是街面上的百姓們也全都跟著鼓掌叫好。這下子，蠻族人更是氣憤不已。

唐文清的嘴角抽了抽。幹什麼用他的摺扇啊，雖然是他自己畫的，也不值錢，但好歹是他的幾分心血啊。

不過，他抬眼看向氣得已然說不出話來的小公主，笑了。「公主，方才您難道是想要殺人滅口？在場的人如此之多，怕是殺不過來。」

既然沈淵已經把這件事情給定調，那麼他就要把這件事情給坐實了。總之，這件事情的錯誤必須在蠻族那邊。不過本來就是，他們既然敢在魏朝境內搞事情，就不要怪他們不給面子了。

「我殺了你們！」三王子氣得大喊，握著拳頭就衝了過來。他看起來似乎毫無章法，其實蠻力十足，若是一般人讓他這樣一拳給打中了，不死也要落個半殘。

「來得正好。」盧紹成握著拳頭，正面對上。他雖然體型沒有三王子那般健碩，但盧家兒郎在戰場上能夠如魚得水的一個原因，就是他們都是天生神力。

所以，三王子這一拳不僅沒有傷到盧紹成，反而被打得倒退了好幾步。三王子用著狠戾的眼神看著盧紹成，彷彿要將他給生吞活剝了一樣。

盧紹成卻是吹了吹自己的拳頭。「呵，連讓我的拳頭紅一點都不能，你，不行啊！」

三王子看著盧紹成，不由得心生畏懼，後退了一步。他在他的身上看見了盧元帥的影子，當年盧元帥殺入蠻族王庭的時候，他還小，躲在暗處，只看見浴血而來的盧元帥。

這個盧家兒郎，居然讓他見到了盧元帥的影子？不行，這個人必須死！三王子的眼神變了變，最終還是全都掩蓋了起來。

樓上的秦冉和方雨珍鬆了一口氣，一副劫後餘生的樣子。也不怪她們，因為三王子的身形實在是太壯碩了，那拳頭也夠大，看著就嚇人得很。

孔昭卻是笑了。「妳們兩個不必操心他了，盧紹成的武功也許沒有沈淵好，兩人過招也經常是盧紹成吃虧，但那是因為他家傳走得是剛猛路子，雖在近身過招輸給了沈淵，卻不代表他就是弱的；而且……」

她低頭看著帶了些洋洋得意的盧紹成，眼中有著自己都沒有發現的暖意。「他適合戰場，若是在戰場之上，他才是勝者。」

「原來如此。」秦冉點點頭。「不過，阿昭，妳對阿成怎麼這麼了解？」

孔昭放在身側的手微微一縮，而後笑著說道：「畢竟他是京城之中的紅人。」

「哦，這樣啊。」秦冉本就是隨口一問，自然沒有發現孔昭的異樣。她的眼神還在沈淵的身上，片刻都不願意挪開。

方雨珍也是，半個身子都快要探到窗子外面去了。

「你們在做什麼？」一個身穿盔甲的人騎馬過來了，身後還領著一隊士兵。他們是五城兵馬司的人，巡城之時看見這邊有異，便前來察看。「蠻族人，在我魏朝境內還請安分一些。你們是來給皇上祝壽的，這裡不是你們的蠻族草原，若是再亂來，便不要怪我們不客氣了。」

小將看見對峙的人居然是蠻族人和盧紹成，立時就定調了這件風波。他雖不是出自盧元帥麾下，但他的父親是，還死在了戰場上，是以他看見蠻族人，心中是滿滿的厭惡。

「你們魏朝人實在是太過分了！」小公主的腳一跺，眼淚登時就下來了。「我們原本只是好心而已，若是有說錯的地方，也是因為我們不精通你們魏朝語言。為什麼要這樣對付我們，我們明明就是來賀壽的啊！」

三王子走到了小公主的身邊。「小妹莫哭，是三哥不好，沒有護好妳。」

這兩個人，一個哭了，一個安慰，看起來倒像是他們做錯了一樣。而且現在也的確是魏朝人多，有點人多勢眾的感覺了。

秦冉看見了不遠處在巷口聽著這邊說話的他國使臣，趕緊從鴻禧樓的樓梯上下來，跑到了眾人的面前。

她捧著沈淵的手。「沈淵，你的手背傷到了吧？這可如何是好，你可是讀書人，若是手被毀，可是前途都沒了。這蠻族人也太心狠了，怎麼下手這般重？」

突然竄出來的秦冉嚇了在場的人一跳，但是聽著她帶著哭音說話，目光不由得跟著看向了沈淵的手。那雙如同白玉鑄就的手上，有著一道很是刺眼的紅痕，至於是怎麼來的，當然是因為小公主的鞭子。

沈淵可是京城第一公子，百姓們頓時覺得自己看穿了蠻族人的險惡用心。

第四十二章

「我就說了，這些蠻族人就是蠻不講理，隨隨便便就出手傷人。」

「我看他們說不定是打聽過了，早知道沈郎君是嶽山書院的學子，就想著下黑手呢！」

「就是說，當初盧元帥還是嶽山書院畢業的呢，多少將領也是嶽山書院的學子。」

「果然是蠻子，其心可誅啊！」

「說什麼友好往來，都不是傻子，誰不知道這些蠻子就想著霸占我們魏朝呢？」

「哼，還什麼公主呢！生得是好看，心腸卻是如此惡毒。」

「那蠻族能有好人嗎？我爺爺當年就是下戰場後，因為心軟放過了一個蠻族的孩子，被捅了一刀，傷了身子回家休養，家中生計才一日不如一日的。連孩子都這麼狠毒了，更何況大人呢？」

「說得也是，要是將來我們和蠻族打起來，我就是不吃飯，也要把糧食給軍隊。」

「這你就說差了，咱們魏朝米糧多著呢。不過若是真的有需要，自然是義不容辭。」

「沒錯，十幾年前能夠把他們打得哭著喊著要求和，現在也行。」

周圍百姓們的聲音雖然不算大，卻也不小了，一句句全都傳進了在場的蠻族人耳中。三王子氣得拳頭都捏緊了，小公主也是僵著動作，不知道還要不要哭下去。

不管是三王子、小公主還是他們的屬下，雖然因為百姓們的議論而憤恨，卻也心驚不已，他們以為過去了十幾年，在魏朝已經不會有多少人還記著那些事情。

可是，事實卻不是如此。就連魏朝最為繁華的京城百姓都還是這樣敵視他們，恨不能直接動手了，那麼其他地方呢？

如果當真如此，父王想要對魏朝動兵的計劃，怕就是不如何好了。若是魏朝上下萬眾一心，豈不是要和當年一樣功敗垂成？

一時之間，雙方都僵持著，就連秦冉也不再「哭訴」沈淵的手傷得有多重了，反而是從懷中拿出了傷藥，給他的手敷藥，還用帕子包了起來。她臉上的心疼，只要是有眼睛的人都是看得出來的。

沈淵卻是眼底帶了微微的笑意。他的小阿冉怎麼就這麼聰明呢？其實他根本就沒受傷，甚至連被鞭子的風掃到都沒有。那小公主的身手雖然說過得去，但是在他的眼前卻是完全不夠看的。

這道紅痕是秦冉弄的，沈淵也不知道她是怎麼做到的，就是在自己的手上一抹，就有了這樣的一道紅痕。因為場面混亂，沒有人注意他的手，甚至連阿清都相信了，其他人自然也信了。

而後阿冉開始哭訴，還有模有樣的，他都差點要看不出痕跡了，若不是場合不合適的話，沈淵真想要將人擁入懷中。她怎麼能這般可愛呢？

不過倒是多虧了阿冉。沈淵的眼角掃了一眼百姓身後的那些人，他們是剛才躲起來的他國使臣。若不是阿冉這麼一哭訴，說不定他國還要覺得是他們魏朝的錯，仗著國強欺負他人。

那時候，魏朝的名聲受損，很多事情就不好辦了。

沈淵的心裡是與有榮焉的。他的小阿冉這麼可愛，這般厲害，他如何不驕傲呢？

雖然一群人都在義憤填膺地斥責蠻族人，但也有人注意到沈淵和秦冉。一個翩翩公子溫柔地凝視著眼前的女子，那生得清麗的女子滿臉都是心疼，小心翼翼地為公子包紮。

何雙看著雙方都不說話，彷彿誰先說一句話就輸了一般，他上前一步，笑著說道：「三王子、小公主，出來的時辰已久，這日頭不早了，不如我們先行回去使臣館？明日就是聖壽宮宴了，若是兩位沒有精神參加，怕不是什麼好事。」

明明這個時候天光大亮、時辰剛好，何雙卻說什麼不早了，分明就是故意的。但是現在雙方都需要何雙這個臺階，不管是沈淵他們還是三王子和小公主，都不想把這件事情鬧得更大，否則怕是不好收場。

所以，有臺階還是趕緊下了。只是，誰先下臺階，卻也是很重要的。

小公主本想撐著的，可是周圍百姓們的眼神讓她如坐針氈，當真是再待不下去了，於是，她先行說道：「如此也好，三哥，我們先回去歇息吧。」

「好。」此行本來就是以小公主的意思為主，三王子在表面上自然也是要聽她的。

小公主臨走前看了一眼地上的鞭子，對著沈淵說道：「沈郎君，我們還會再見面的。」

沈淵還沒有說話，秦冉就先開口了。她將沈淵護在身後，對著小公主凶巴巴地說道：「怎麼，還想要威脅我家沈淵嗎？」哼，這個女人看著她的沈淵的眼神很不對。

她上輩子可是看過很多電視劇，雖然很多細節都忘記了，但是有些結論還是記得的。很多女人啊，就是會對那些對自己凶巴巴的男人，尤其是長得好看的，有不同的感覺。

秦冉覺得她有守護沈淵的責任，絕不能夠讓其他女人覬覦。不行，這是她的，沈淵是天上掉下來，然後她眼疾手快撿到的。

既然已經在自己的手上了，秦冉可是怎麼都不會讓出去的，想都不要想，門都沒有，窗戶也封死了。

小公主被噎了一下，惡狠狠地瞪了秦冉一眼，然後氣沖沖地帶著人走了。

「哼！」秦冉雙手扠腰，下巴一揚，小樣子當真是得意洋洋的。

沈淵看著根本沒有自己高的人護著自己，又瞧見她那個得意的樣子，心中又是好笑、又是心暖。他的小阿冉也會生氣了呢，還是因為自己。她的每一個因為自己而產生的變化，都教他心中高興不已。

沈淵的嘴角雖然只是微微上揚，可是對於了解他的唐文清和盧紹成而言，一眼就看出他心中的志得意滿。呵，有未婚妻護著就了不起哦，可惡啊！

尤其是盧紹成，嫉妒得很。他也想要被阿昭護著，可是阿昭私底下一直躲著自己，他莫要說是表明心意了，就連對她好都挺難的，這麼一想，更難過了。

小將領著五城兵馬司的人，揮散了圍觀的百姓們，又對著沈淵幾人，尤其是盧紹成告別後也帶著人離開了。

孔昭和方雨珍也從鴻禧樓上下來了，六人面面相覷，想也知道這書是溫不下去了，只能夠散了。大家都是各自回家去，只有秦冉，她是由沈淵送回家的。

上了馬車，沈淵關上了車門，伸手將秦冉抱入了懷中。他剛才就想要抱著她了，可是不行，直至現在才敢動手。

「阿冉，我很高興。」

「啊？」秦冉從突如其來的擁抱中回過神來。「高興？」

沈淵笑了，聲音中是滿滿的寵溺和溫柔。「看到阿冉如此維護於我，我如何能夠不高興呢？我的小阿冉，也有霸氣的一面呢！」明明凶不起來卻還是擺出一個很凶的樣子的阿冉，當真是可愛到讓他想要將她裝進自己的荷包中隨身攜帶。

真可惜，這是辦不到的。

秦冉鼓了鼓嘴。「我當然霸氣啦！以後蠻族公主要還是欺負人，我還會這麼凶的。」她揮了揮自己的手臂。「哼，雖然我武功不夠高，但是我天生神力，就算是比阿成差了一點點，還是可以揍那個小公主的。」

不管那個小公主到底只是想要挑釁，還是真的對她的沈淵起了心思，那都不要妄想，因為她可以一拳搥扁她！

沈淵不由得噴笑出來，對上秦冉疑惑的眼神，溫柔地說道：「對對對，我的小阿冉最凶了，絕對可以揍小公主。」他傾身向前，在秦冉的眉心落下了一個溫柔的吻。「小阿冉這般厲害，以後我的安全就拜託妳了。」

「嗯。」秦冉鄭重點頭。「放心吧，我以後絕對會保護你的。」她伸出雙手抱緊了沈淵的腰身。這可是自己撿到的天降大寶貝，才不要讓出去呢，想都不要想。

沈淵抱著秦冉，心中微微嘆氣。為何覺得訂親之後的日子也很是漫長呢，若是能夠早點將人娶回家就好了。可是，他們之前才訂親，秦家怕是不會同意的。不過，不妨將日子縮得更短一些。

「沈淵，」秦冉仰頭看著沈淵，卻不知道他在心中計算些什麼。「蠻族是不是想要重啟戰端？」

沈淵低頭瞧著她。「妳猜出來了？」

「也不算吧，就是一種直覺。」秦冉靠在沈淵的懷中。「他們來者不善，才剛到京城就想要攪風攪雨，怎麼看都不是什麼好心人。」

「這一戰，怕是在所難免。」沈淵的眼底帶著冷意。「當年蠻族被盧元帥等人打怕了，也因為蠻族內部沒有恢復，所以不得不和大魏保持和平關係。可是這十幾年來，他們的實力有所增加，再加上對於魏朝的覬覦從未停歇，所以，這一戰很難不打。」

還有一點沒有說的是，開國初始至今，盧家就是蠻族的剋星，幾乎所有的盧家兒郎總是壓著他們。可是現在戰場之上已然沒了盧家人的影子，蠻族王的心就開始蠢蠢欲動了。

雖然盧紹成現在看起來文武皆是不錯，可是畢竟沒有在戰場殺伐過，也沒有盧家人帶著，想要像他的祖父和父親一樣，怕不容易。如此，蠻族人如何會不動心呢？

「要是我們能夠經濟制裁他們就好了，只要他們敢發動戰爭，我們就把蠻族草原的經濟命脈給斷了。只要蠻族內部亂成一團，不要說和我們打了，連反抗的能力都沒有了。」

「阿冉，」沈淵突然放開了秦冉，雙眼直視著她。「妳說的這個經濟制裁是什麼？」

「嗯，就是……那個……」秦冉有點被嚇到了。「你突然讓我說，我也說不太清楚。反正就是我們和蠻族做生意，蠻族的各種錢財來源甚至活命的糧食都只能夠依靠我們，只要我們占據主位，但凡我們斷了那條線，他們就完了啊。」

秦冉也不太清楚自己這個概念是怎麼來的，但是總覺得應該跟她上輩子遺忘、模糊的記憶有關吧？畢竟上輩子資訊爆炸，她又愛上網、又愛看小說、電視劇，應該是從哪裡知道的吧？

沈淵認真地看著秦冉。「阿冉，無論妳是如何想出來的，這件事情暫且不要往外說，知道嗎？」

「啊？」秦冉臉上滿是疑惑。

沈淵抱著秦冉，在她的耳邊低聲說道：「沈家祖上曾經和開國長公主關係不錯，是她的追隨者之一。妳所說的，開國長公主曾經提到過。這件事情被記了下來，只有皇家和當時在場的後人知道。皇上最近想著執行長公主說過的計劃，妳若是洩漏了一字半句，會有危險的。」

「哦，好，我知道的。」秦冉乖巧點頭。看來果然是和上輩子有關係。

「阿冉乖。」沈淵微微鬆了一口氣。「等到計劃開始實行，就算蠻族發現了內情也改變不了的時候，就無妨了。」這件事情，沈淵也是從他的父親那裡得知的，他是沈家下一代的家主，有些事情自然是知道的。

對於朝堂上的事情，他若是什麼都不知道的話，將來也無法在朝堂立足，所以儘管沈淵還沒有從書院畢業，但是這些都是早就開始培養了的。

秦冉說道：「我知道的，我一定誰都不說，不管是爹娘、兄長、阿姊還是阿昭、阿雨她們，我全都不說。」她才不傻呢，說好了不說的事情又往外說，就會引來後來的一連串危險。

沈淵親了親秦冉的頭髮。「我的小阿冉就是聰明。」

「嘻。」秦冉有些小得意。今天又是被誇讚的一天呢！

第四十三章

六月初三乃是明帝的生辰。聖壽宮宴只有官位四品及其以上的官員才有進宮赴宴的資格，要進宮的人家都是很早就起來準備了。

秦家也是一樣，秦冉被杏月和橘月從床上挖起來的時候，天還沒有亮呢！她有點暈暈乎乎的，但是帶著微微涼的面巾敷上臉的時候，就清醒過來了。

漱洗以後，秦冉先行用早點。這早點也是有講究的，多吃點糕點，帶湯水的自然是少用些為好。用了早點以後，就開始穿衣打扮了，不管是衣裙還是首飾，都不能有半點閃失。

這衣裙和首飾不僅要好看，適合本人，還要不逾矩。所幸這些都是早早就挑選好了的，並不需要她太過於費心。

秦冉端坐在鏡子前面，任由杏月和橘月給自己收拾。她看著杏月的手在自己的頭髮之間穿梭，動作俐落，不由得感慨了一下。幸好自己是穿成有人伺候的大家小姐，要不然的話，光是梳頭髮就夠她頭疼的了。

杏月看見秦冉又是讚嘆、又是感慨的眼神，不由得笑了。「二姑娘又不是沒有見過，怎麼還用這般眼神看著奴婢啊？」

秦冉說道：「就是覺得很神奇啊！我學了這麼多年，也就會最簡單的，在書院的時候，能把自己收拾整齊就足夠了，但是要是像杏月這樣，我是做不到的。」每當梳頭的時候，她總覺得自己的手不是手，是雞爪，不聽使喚。

當年考上嶽山書院以後，娘親和阿姊為她緊急培訓的就是梳髮了。因為嶽山書院要住宿，還不能帶小廝、丫鬟，幾乎什麼都要靠自己。秦冉可以照顧好自己，但是梳頭髮這一點，實在是教誰都頭疼。

最後還是學著郎君那樣把頭髮全都束上去了，培訓才算是告一段落。後來的五年內，她只學會了最簡單的髮型而已。

杏月笑了。「二姑娘，快看看奴婢梳得怎麼樣？」

秦冉看著鏡子裡面的自己。「很好看。」

杏月的眼睛都笑彎了。「多謝姑娘誇讚。橘月，首飾都拿出來。」

「拿出來了。」橘月捧著箱子，早就在一旁候著了。「姑娘戴上了首飾，一定會更好看的。」

一番折騰以後，秦冉總算是準備好了。

她今日穿的是一身橙紅色衣裳，裙襬、袖口還用暗線繡著梅花，俏皮之中透著一絲穩重。雖然梅花圖案不夠有創意，卻是最不會出錯的，這也是柳氏特意挑選的。而且橙紅衣裳襯著秦冉白皙的膚色，頭上的珍珠花簪更是將她的清麗秀雅發揮到極致，看著連原本的稚嫩之氣都沒有了，是一個大姑娘了。

秦冉往外一看，天都微微亮了。「杏月、橘月，趕緊拿上東西，我們去正堂，爹娘他們應該等著我們了。」

「是，姑娘。」杏月拿著備用的衣裙，橘月拿著備用的首飾，兩個人跟在秦冉後面去了正堂。

果然，秦冉到了正堂的時候，大家也都到了。

「好了，出發吧。」看到秦冉來了，秦岩說道。

柳氏上下看了一眼女兒，覺得毫無錯漏了才點點頭。「阿婉、阿冉，妳們上了車可以閉眼休息一會兒，但是不能夠靠著睡著了，這衣裙可是萬萬不能縐了的。」

「是，娘親。」

秦冉緊張地攥了攥手。幸好自己只要進宮赴宴這麼一次，不然可是太折騰了。

雖然秦家起了一個大早，坐著馬車來到了宮門外，但是這不代表他們可以進去了，還要在宮門口經過禁衛軍的檢查，確保每一個人都沒有問題了，才能夠進去。

因為馬車不得入宮，每個人都要步行進宮，所以禁衛軍的檢查還是比較簡單的。通過了檢查，秦家人都跟在秦岩身後，經由太監的引路來到他們的位置。

秦冉小心翼翼地打量了一下第一次進來的皇宮，這裡巍峨高大，以玄色為主，看著和自己前世旅遊過的那座宮城很不一樣。這座皇宮更為肅穆，讓人不由自主地繃著一顆心，不敢出什麼差錯。

引路太監領著秦家人到安排好的位置，拿了秦岩給的荷包以後，這才退下了。

秦岩和柳氏坐在前面的桌子，而秦家三兄妹則是坐在他們後面的那張桌子。整個宮殿內肅穆寂靜，沒有多少聲音。

秦冉小心地左右看了看，想知道朋友們到了沒有。

然後，她第一眼就在宮殿內的人群之中看到了沈淵。

沈家的位置比他們秦家更為靠近內殿一些，離他們算是有些距離了。沈淵正襟危坐，面帶笑意，一派端正肅雅。哪怕殿內的人無數，他依舊是最引人注意的那一個。沈家的麒麟子，有誰會不注意呢？

秦冉看到了沈淵，來到宮中以後那點小小的緊張不安就消失了。

她正打算移開目光的時候，便發覺他的眼神看了過來。

沈淵本就知道宮宴之上秦家的位置所在，經常時不時就掃一眼，剛才發覺有人在看自己，便知道是誰。果然，看著自己的人正是阿冉。

他對著她笑了，如同春風拂過一般暖人心。

秦冉也回了沈淵一個笑容，然後就聽坐在身邊的秦睿輕咳了兩聲，她只能收回眼神和笑容。

秦睿瞪了沈淵一眼。哪怕他已經是自己的未來妹婿，他依舊看他不順眼。他家阿冉還小呢，就被這個人給拐走了，教他如何不痛恨啊！

沈淵卻是對著秦睿點頭示意，一直維持著自己的風度。不過是大舅子的些許為難而已，對他而言，並不是什麼難事。而且他畢竟是將別人家的心頭肉給搶走了，自然要容得下他人的為難。

他如此作態，秦睿倒是更生氣了。這樣好像顯得自己很小氣——雖然，他本來就是很小氣的人。

秦冉低著頭再不亂看，免得兄長又生氣了。坐在另一邊的秦婉伸手戳了戳她的手臂，而後對她笑得意味深長。秦冉的臉頰微微染上了紅暈，眼神更不敢挪開眼前這塊地了。

沈淵和秦冉之間的小動作，殿內自然是有人看見了的。這些都是坐在沈家附近的其他世家，本來還覺得和秦家聯姻是沈弘明那隻老狐狸又要做什麼了，可不相信孩子們說的什麼兩情相悅。這沈淵可是端正君子，怎麼可能喜歡上一個無甚特別的女子呢？

肯定是沈弘明要這麼做，沈淵身為人子，自然要遵從。可是現在看來，倒也未必啊，瞧他那副樣子和情竇初開的少年郎沒什麼區別。所以，難道沈弘明真的沒有想要搗鬼？

等到殿內的官員及其家眷都落坐以後，皇親國戚也進殿了。他們的位置，自然是要更靠近內殿的。

「太子到、長公主到、二皇子到、三皇子到——」太監的聲音一層層地傳進殿內，眾人起身行禮，而後就見明帝的三子一女走了進來。

太子乃是國之儲君，一言一行都讓人看在眼中。他卻也能夠承擔得起，知人善任且心性寬和，不管是明帝還是朝臣們都是滿意不已。

至於長公主，她和太子是一母同胞，身分尊貴且聰慧無雙，手上也已經有實權了。她接手的是當年開國長公主傳下來的福利設施和一些商脈，手底下還有一票女官。長公主將來定是太子的左膀右臂，就像當年的開國長公主和德帝一樣，成為名揚後世的佳話。

太子和長公主的光芒就足以讓所有人側目，是以跟在他們身後的二皇子和三皇子就顯得暗淡了許多。且不說他們母妃只是一個嬪，再說他們的功課平庸，連嶽山書院都沒能考得上，只能在宮廷內的書房讀書，是以實在是很難教朝臣們把目光放到他們的身上。

明帝和先帝不同，他一直很注重太子的地位，從一開始就斷了二皇子和三皇子爭奪帝位的可能。若是他們才智出眾的話，倒是可以有其他用途，可是他們才智平庸，明帝對他們也沒有更多的期盼。

二皇子和三皇子倒是無任何不滿，反而和太子很是親近。

等到太子幾人落坐以後，便是明帝帶著皇后和兩個嬪妃進來了。他的後宮就只有三個人，看著倒是比一般大臣的後院還要少。明帝和皇后是少年夫妻，他對美色向來不在乎，這兩個嬪妃還是當年先帝賜下的。

明帝落坐，笑著說道：「今日乃是朕之壽宴，眾位可不必如此拘束。」

朝臣們和皇親國戚也都笑開來，宴席上便顯得輕鬆許多。明帝並不是一個苛刻的皇帝，相反，若是沒有觸及到他的底線及律法，他向來很好說話。

太子等人先行一一為明帝賀壽，而後便是朝臣們和皇親國戚，最後才輪到了各國使臣。等到一一敬酒過後，便開始舞樂了。

秦冉躲在秦岩和柳氏的身後，對著宮宴的舞樂很是好奇，只是看了幾眼以後，又沒有多少興趣了。東先生的舞姿比她們要高出許多，她往日裡見得多了，就對這樣的宮廷舞無甚興趣了。

不過音樂卻是好聽的，聽著耳邊的音樂，秦冉將自己的心思都放在桌上的餐點上。她早上只用了一些糕點，折騰了大半天，日頭都已經高了，也過了午飯時間，所以她早就餓了，看著吃的能不雙眼發亮嗎？

只是秦冉沒有動筷子，小心地戳了戳秦婉的手臂，小聲說道：「阿姊，我能吃這些東西嗎？」

秦婉的聲音也很小。「可以，不發出聲音即可。」

明帝並不可苛刻，也挺會為人著想的，所以任何宮宴上的吃食都是可以用的。最重要的是他還令御膳房不得總是上那種無甚滋味的蒸菜，冬日裡也不許有那種結油的菜色，和先帝很是不一樣。所以，他在朝堂的聲名很好。

秦冉看著桌子上的菜色，一時之間竟然不知道該用什麼好了。

秦睿拿起筷子給秦冉挾了一塊荷花酥。「這個是御膳房的得意之作，除了這個時節，都是用不到的，妳試試。」

秦冉挾起來咬了一口，瞬間就被這個味道征服了。味道甜而不膩，而且這個荷花酥不僅僅是形狀像荷花，就連這味道之中似乎也有荷花的清香……不對。秦冉再嚐了一口，應該是荷葉的味道。

看來御膳房是用了新鮮的荷葉，所以才會有這般清香。兄長也說了，除了這個時節都是用不到的，應當就是因為這原因了。

秦冉吃完了荷花酥，就朝著其他菜色下手了。

既然連普普通通的荷花酥都能夠這般好吃，其他的應當也不會出錯。果然，不管是什麼菜品，都做得很是入味，當真可以說是完美了。只是有那麼一點點的不完美，就是有些菜品需要在剛出鍋的時候就用，不然總是失了幾分滋味。

沈淵的眼神投向秦冉的方向，只是這一次，他並沒有得到回應，因為心上人正在埋頭認真吃呢！他從這裡看過去，連她的臉都看不到，全然被人給擋住了。

沈淵微微笑了。即便是看不到，也能夠想像得到阿冉現在的樣子。

畢竟在書院的時候，她就是這個樣子的。

沈淵想到秦冉像一隻小貓一樣地吃得不饜足，眼底的笑意就越發濃了。

第四十四章

此時，殿內的小公主看著沈淵，卻看到他的目光投向了另一個方向。她想一下就知道，他肯定是在看那個小矮子。

她心下便覺得不服，那樣一個小矮子，哪裡能夠比得上自己的風情？

這個沈淵，居然膽敢對自己如此無視！小公主的心裡越想越氣，卻是不得不壓住心中的怒火。

她在草原之上不知道有多少男人圍著她打轉、獻殷勤，可是小公主根本就瞧不起那些男人。以前不知道為什麼，直到看見了沈淵，她終於明白了。

原來，她是覺得他們太粗魯了，只有沈淵這樣的翩翩風度才教她覺得順眼。

不過也只是順眼。

只是在沈淵對自己毫不青睞，震斷了自己的鞭子以後，她倒是更上心了。

她可是蠻族身分最為尊貴、最受寵愛的公主，難道還比不上一個小矮子嗎？

三王子將小公主的情狀看在眼中，心裡不由得嗤笑。女人啊，只要被感情和嫉妒左右了以後，腦子就會開始不清醒了。

「小妹，」三王子在小公主的耳邊輕聲說話。「我們何時開始？」

「就現在吧。」小公主回過神來。「對了，你要知道，長公主是絕對不可能的，所以一定要選其他人。」

三王子點頭。「我知道。」

他又不傻，魏朝自從建國以來從不要公主和親，更不要說是魏朝皇帝唯一的嫡出女兒了，他要是今日膽敢說出要長公主嫁給自己，明日大概就會橫死街頭了。

小公主的眼神放在了舞樂上。「你只要選了那個人，我就去求母妃，讓你的母親脫離女奴身分，如何？」

三王子激動不已。「好，這是妳說的。」他站了起來，舉著酒杯對皇帝說道：「尊敬的皇帝，小王實在是羨慕魏朝文化，這魏朝女子也比我們草原的女子要更溫柔，所以為了兩國友誼，小王想迎娶一位魏朝女子，還望皇帝應允。」

「哦？」明帝微微揚眉，語氣不明。「你要娶誰？」

「就是她。」三王子指著正在低頭吃飯的秦冉。「那位穿著橙紅衣裙的女子。」

秦冉從和沈淵對視了一眼後，全程都躲在爹娘和兄長、阿姊的身後，然後就剩下吃了。還因為秦睿和秦婉心疼她，大部分的菜都放到了她的面前，於是她吃得更歡快了。

在蠻族三王子站起來說話的時候，秦冉只是豎著耳朵聽，連頭都沒有抬起來。反正就算是要湊熱鬧，那熱鬧也不會跑，還是眼前的美食更重要。可是誰知道，她第一次進宮是準備看熱鬧的，這熱鬧跑到自己身上，就不熱鬧了。

秦冉和秦家一家人尚未反應過來呢，沈淵卻先冷笑出聲了。「當真是不毛之地來的人，連半點人倫禮儀都沒有。但凡是個人都知道不能覬覦他人妻子，三王子倒是好，因為和在下的小小衝突，就想用兩國的名義搶走在下的未婚妻，不愧是蠻族的三王子呢。」

他這番話連敲帶打，不僅將這件事情從兩國事務上給扯開了，還連帶著羞辱了三王子一番，教人覺得不愧是蠻族的王子，便是如此無品無德。

三王子氣得臉紅脖子粗。「你這個小白臉實在是不會說話，什麼叫做沒有人倫禮儀?!你看我不打死——」

「夠了。」明帝將酒杯放在了桌子上，聲音似乎還帶著一股冷意。

沈淵站了起來，拱手向明帝行禮。「小子無狀，還望皇上恕罪。實在是三王子太為過火了，這才出言反擊。」

明帝卻是微微一笑。「無妨，少年郎就是該有些銳氣。若是有人覬覦自己的未婚妻都不為所動，那麼哪怕有再高的才華，朕都不敢用。沒有人倫，不識禮儀的畜生，誰知道什麼時候會背叛朕呢？」

他這話就是不但不怪罪沈淵在聖壽宴上出言不遜，反而對他的行為大加讚賞，並且出言諷刺了三王子一番。

本來明帝就對沈淵很是欣賞，一部分是因為他對盧紹成的影響，一部分是因為他的才華。明帝早就想好了要如何打磨沈淵，讓他成為治世能臣，將來說不定還能夠及得上當年的楚玉。

這蠻族之人，他本就見著心生厭惡，還敢在他的壽辰上胡言亂語，他可不是父王，畏懼開戰。他永遠不會忘記好友那一具殘破的屍身，還有那些死在蠻族刀下的亡魂。

若不是為了開國長公主留下的計劃，明帝早就對著蠻族開戰了。如今居然還敢來亂吠，別說沈淵沒有失禮，哪怕是他失禮了，明帝也會護著他的。

三王子的雙手緊握成拳，而後說道：「皇上，為了兩國情誼，最好將那名女子賜與小王。犧牲一人而成就兩國大事，有何不可呢？」

「呵。」明帝冷笑。「小桂子。」

「奴才在。」一直站在明帝身後的太監站了出來。他名為李桂，乃是明帝身邊最得用的太監，也是宮中的太監總管。

「雖然委屈了你些，但是你就幫朕一個小忙，娶了那蠻族的小公主吧！」明帝微微挑眉。「雖說犧牲了你一人，但是為了兩國情誼，有何不可呢？」

李桂卻是笑了笑，而後說道：「皇上用得著奴才就是奴才的福氣，哪裡敢說什麼幫忙呢？」

「皇上！」小公主氣得站了起來，滿臉通紅。「您如此侮辱我，是當真不顧兩國的情誼了？」

明帝笑了。「侮辱？妳蠻族王子在朕之壽宴上隨意指著一個人就說要給他，這難道就不是侮辱？怎麼，只許你們侮辱旁人，你們便受不得侮辱？」他頓了頓，而後又道：「也是，畢竟你們蠻族向來不吃虧，你們能夠殺人放火，旁人卻是不許罵人點燈。」

明帝這般說話，簡直就是把三王子和小公主的面子踩在了地上，也把蠻族的面子踩在了地上。可是他說的卻只有蠻族使臣生氣了，其餘不管是魏朝人還是他國人，全都贊同地點點頭。

尤其是其他小國，為何往日裡他們總是不愛與蠻族人往來，就是因為他們蠻橫無理，從來只許自己欺負人，卻不許別人反抗。所以，儘管他國人都知道明帝有點無理，心中卻覺得很是爽快。

小公主惡狠狠地瞪了一眼還在懵逼中的秦冉。「這如何比得？我可是蠻族公主。」

明帝卻是說道：「在朕看來，你們要求魏朝女子許給你們王子，和朕要求你們公主嫁給朕身邊的宦官，是一樣的。既然你們認為朕說得是侮辱，那麼朕自然也認為你們說得也是一種侮辱。」

「這如何一樣呢？我是公主。」

「放屁！」明帝將桌子上的酒杯拿起來砸碎了。「我朝開國之初便立下了規矩，魏朝女子永不和親！但凡提出這一點的，全都是在侮辱我魏朝。侮辱魏朝者，必須付出代價！」

小公主的臉色當即嚇得慘白，三王子的面色也不如何好，壽宴之上，再無人敢說一句話。

魏朝開國之初就曾立下規矩，魏朝女子永不和親，不管是公主還是平民，都絕對不允許成為犧牲品。開國長公主甚至說過，一個國家若是要靠著犧牲一名女子來苟延殘喘，不如滅國，也好給後來明君讓路。

這些年來，在魏朝，不論登基的皇帝性情如何，從未違反這一條規矩。現在蠻族竟然說要官家女眷做他妻子？簡直就是在開玩笑。

若是先帝，他雖然不會同意，卻也不會如此說話。只有明帝對於蠻族深惡痛絕，連半點面子都不想給。

小公主的面色青了又白、白了又青。她自然也是知道這條規矩的，但是她以為只有針對皇家女，畢竟刀子只要沒有砍在自己身上，都是不疼的，小公主認為明帝並不會在意一個小女子。

畢竟那不是他的女兒，不是嗎？只是小公主沒有想到的是自己自作聰明，反倒是作繭自縛了。如今她進退不得，更是難堪了。

她不敢說什麼魏朝是不是要和蠻族開戰，雖然父王一直想開戰，但是這句話不能從她的口中說出，否則等她回去草原，會被那些貴族撕了的。

三王子的心中也很是難堪，可是看到小公主比他更為難堪，心裡倒是鬆快了些。高高在上的閼氏女兒，也教人給下了臉面了。不知道她在自己這個女奴的兒子面前，還能不能高傲得起來呢？

嘎魯站起來，對著明帝行禮。「還望皇上莫要見怪，我們三王子和小公主並無侮辱魏朝的意思。他們只是從未喝過魏朝的美酒，不知道這魏朝美酒的後勁如此之足，是以喝得多了些，現在醉了，不知道自己在說些什麼，還望皇上大人有大量，原諒王子和公主。」

他實在是沒有辦法了，若是不出來打圓場的話，今日這事情就算是過不去了。到時候回了蠻族，小公主倒不會如何，她有閼氏護著，可是他和三王子，以及使臣團中的其他人就要遭殃了。

唉，就連嘎魯也沒有想到明帝居然會如此剛硬，和魏朝的先帝完全不同。看來，王的打算未必能夠實現了。

他們本想借著婚事來試探一下魏朝皇帝的態度，若是他和先帝一般以和為貴，那麼他們就可以更進一步；若不是，便需要對南下一事再三斟酌。

蠻族不是傻子，即便是覬覦魏朝繁華，也不會盲目地以為只要他們出兵就能夠大獲全勝。不過，魏朝皇帝如此強硬，倒是出乎他們的意料。

明帝的嘴角露出了一絲笑意。「他們不懂事，朕難道還能夠和他們計較嗎？來，大家繼續享用美食、美酒，畢竟，這可是蠻族都無法拒絕的美酒啊。」

嘎魯假裝聽不懂明帝話中的諷刺。「是。」

「是。」殿中眾人應聲回答。

秦冉看著那些宮人面不改色地上前收拾，然後舞娘們又繼續跳舞，樂師們也繼續奏樂，朝中大臣和皇親國戚，還有那些他國使臣，全都是一片歡聲笑語。觥籌交錯之間，好像剛才的那些事情沒有發生過一樣。

她果然還有得學啊！不過，秦冉心中最為高興的是沈淵對於自己的維護，還有明帝的態度。沈淵如此愛護，教秦冉心中的情意不由得更濃了；但是明帝身為一個皇帝，不認識她還能夠如此維護，當真是令她感動。

這大概就是真正的明君吧，連一個臣子家眷都不會犧牲，不將兩國之間的事情扯到其他上面。而且他的態度強硬，逼得蠻族不得不間接低頭了。

秦冉不由得笑了。開國長公主要是知道了，一定會很開心。這裡是古代，身為女子本就活得艱難，她用一己之力為女子贏得了出路，還在後續的這些年來也庇佑著女子。

雖然很多時候，女子還是艱難，可是比起前朝來說，已經是一個天、一個地。秦冉可是知道，前朝開國之初就有公主和親的習慣，後來更是一旦打不過就送女人、送銀錢求和，民間甚至有「寧為豬犬，不為女子」的說法，相比現在，實在是差別太大了。

秦冉的心中突然升起了一股慾望。她是不是也要做些什麼，才不枉費自己來這一遭呢？不用多，只要有一點點就足夠了。

沈淵像是心有靈犀一般，看向了秦冉的位置。他看見了她眼中熠熠生輝的光芒，也跟著笑了。

明珠蒙塵，總有被掃除的一天。但願以後自己能夠陪在阿冉左右，和她一起面對一切。如此，一生便足夠了。

第四十五章

雖然眾人極力掩飾，但是接下來的宮宴卻還是飄著若有若無的尷尬。其實也不是，尷尬的只有蠻族一方的人，像是魏朝，還有其他國家的使臣團，那都是高興的。

尤其是和蠻族相鄰的支月國，更是高興不已。他們總是被蠻族欺負，但是奈何小國，沒有反抗能力，要不是因為他們祖先早早地投靠魏朝，成為了魏朝的臣屬，那麼會被欺負得更慘。

所以，支月國的使臣心裡是高興得不行，可因為顧忌蠻族還是實力強大，是以不敢表現出來，但是這並不妨礙他們高興，也不妨礙他們多喝幾杯。

至於秦冉，雖然未曾說過一句話，沈淵也站出來維護了她，但是畢竟牽扯到了蠻族，所以眾人對她還是有些好奇的，是以目光都時不時地飄向她。

若是平常的話，秦冉自然會緊張，可是她正在出神，想了些別的東西，根本沒有注意到。再加上秦家人都把她給圍了起來，是以她的儀態一直很完美，眾人反倒還覺得她很是不錯。

但是熟悉秦冉的人，例如秦家人，還有沈淵以及孔昭、方雨珍，就不由得無奈了點。這樣的場合，剛剛還發生了那樣的事情，她到底是想些什麼想出神了？

沈淵卻是覺得好笑不已，這才是他的小阿冉。

皇后也收回了偷看秦冉的眼神，對著明帝小聲說道：「我以前想著沈郎君會和怎樣的女子訂親呢？原來是這樣的。」

明帝微微一笑。「梓潼為何這般說？」

皇后說道：「這樣呆呆的孩子，以後怕不是要被沈郎君欺負了。」

明帝的後宮雖然幾乎可以說是無人，但是當年先帝後宮可不少，還有明帝兄弟的後院，皇后閱人無數，自然能夠看得出來秦冉幾分品性。

明帝頓了頓。「應該不會，畢竟那是他自己求來的。」

「哦，求來的？」皇后好奇了。「皇上和我說說。」

明帝說道：「若是沈弘明自己的意思，他肯定是要和世家聯姻的，但若是沈淵不同意，他如何都是沒有辦法的。」他笑了笑。「而且啊，我從阿成那裡聽來了，是他自己先把人女子給套住了，然後求著父母上門提親的。」

其實明帝對於沈淵的決定還是滿意的，他其實不喜歡世家之間聯姻，世家之間關係複雜，有時候實在是讓人頭疼。沈淵這樣的人才，他將來是要重用的，自然不願意他的背後太過於複雜。秦家是寒門出身，柳氏倒是有點背景，不過無礙，因此這個婚約，明帝是當真滿意。

皇后只覺得好笑不已。「沈郎君還有這樣不理智的時候呢！有趣。」

明帝也跟著笑了。「的確。」

皇后微微收斂了笑容。「皇上，此番和蠻族的人對上了，那麼合作的事情……」

明帝拿著筷子給皇后挾了一筷子菜。「無妨，蠻族並不是只有蠻族王而已，那些大貴族手上的權力也不少，和他們分別合作，更能分化他們。至於蠻族王，就不必了。」

當年設計盧家三父子的蠻族小王子，便是現任蠻族王一母同胞的弟弟，明帝是永遠都不會忘記這個仇恨的。他本想要暫且忍耐一二，但是現在看來不必了。他不相信眼前的三王子和小公主是傻子，只是他們這樣的表現便說明了蠻族王的蠢蠢欲動。

既然如此，和大貴族們合作也是可以的；而且若是分化了他們，還可以將蠻族王設計進來。到時候，乘機取了他的項上人頭也不是不行。

皇后點點頭。「皇上有打算就好。」她將碗中的菜吃了，對著明帝笑了。

明帝和皇后小聲說話，在外人看來是大妻之間的體己話，旁人自然不敢去窺伺他們說了什麼。何況他們說得小聲，就連近身伺候的人都沒能聽見，只是坐在不遠處的兩個嬪妃有些酸意，但也很快就放下了。

好歹她們被允許有孩子，將來膝下不會淒涼。至於皇上和皇后，向來親近，不是她們可以攀越的，這麼多年了，酸著酸著，也就習慣了。

蠻族的爭執過後，這宮宴接下來就有些無波無瀾了。直到宮宴結束，都沒有發生什麼特別的事情。

秦家人正要上馬車回家的時候，就看到一直在馬車前等候的沈淵。

秦冉雙眸一亮，小跑到了沈淵面前。「沈淵。」

沈淵想要伸手接住她，但是一看到她身後的秦家人，硬生生制住了自己的手。「我就在這裡，妳不必跑的。」

秦冉對著沈淵笑得燦爛。「可是，跑過來就可以早一刻和你說話，這樣我就能夠多一刻的歡喜啊！」看到喜歡的人，怎麼能夠抑得住不朝他奔去呢？

沈淵的眸底瞬間就溫柔了下來。「我是來告訴妳，今晚之事莫要擔心，而且我會護著妳的。」

「嗯。」秦冉點頭。「我相信。」她剛剛只是被蠻族小公主和三王子扯進來，有點愣住，卻沒有擔憂也沒有害怕。她一開始就知道了，沈淵還有爹娘、兄長、阿姊都會護著自己的。後來還有明帝呢，她沒有什麼好害怕的。

只是聽到他這樣說，心中卻還是高興不已。

「咳、咳！」秦睿上前幾步。「天色不早，應該回去了。」雖然今晚沈淵的表現很好，但是不妨礙他看不順眼就是了。

沈淵點點頭，對著秦家眾人行禮告別，最後深深地看了秦冉一眼，這才離開了。他知道這是在宮門口，場合不對，卻還是想要看看她。

哪怕知道不可能，但是在三王子說出那麼一番話的時候，他還是心中一緊。方才的心驚肉跳，若是沒有和阿冉說說話，他是無法安心下來的。

沈淵再次在心中嘆息，若是阿冉已然和他成親了就好了，如此，他就不必這般克制了。

沈淵離開了以後，秦家眾人也上馬車離開。

車上，秦岩看著秦睿。「淵兒那孩子多好啊，你以後不要老是給人家臉色看。」

柳氏跟著點頭。「阿睿，你父親所言極是。」

秦婉笑了。「爹娘還是體諒一番兄長吧，他可是將阿冉當成女兒養著的，女兒被人給拐跑了，臉色可是好不起來。」她每次想到這個就好笑，明明兄長和她們的年齡相差也不大，偏生把她們當作女兒來養，她自然覺得有趣了。

秦睿的臉色依舊不如何。「誰讓當初妳們一個是我揹著的，一個是我牽著的，不當女兒養，當什麼？」

秦睿這樣一說，秦岩和柳氏也不好說什麼了。畢竟當初忙得不見人影的是他們夫妻，當時家中還不算寬裕，下人也不多，而且秦睿從小就老成穩重，總是護著兩個妹妹，還真的是當成女兒來養的。

他們不是什麼頑固的人，覺得兒子做什麼都是應該的，對於此事，自來都是愧疚的，所以秦睿這麼一說，他們也就不言語了。

至於秦冉，雖然當事人是她自己，但是兄長的話，她可不敢隨意反駁。其實她也覺得他是自己小爹爹來著，畢竟被從小管著，習慣了。

在盧家的馬車上，盧家祖母和盧夫人都對沈淵稱讚不已。這樣才是好兒郎，若是連自己的人都護不住的話，再好的才華都是浪費。

盧紹成無奈地聽著祖母和娘親從一開始誇讚沈淵，到最後變成了誇讚他的祖父和父親。他已經習慣了，畢竟在她們心中，祖父和父親就是最好的郎君。每當這個時候，盧紹成就要可憐一下小叔了。

小叔離開的時候尚未成親呢，都沒人能誇讚他。盧紹成覺得，要不以後自己誇一誇？可是他不是小叔的夫人啊，好像怪怪的？

盧紹成突然聽見馬車的聲響，探出頭去看。他眼神好，一眼就看到馬車上的徽記——是阿昭家的馬車！他的雙眼頓時就亮了起來。

雖然不能和她說話，但只要知道她在後面，就很是歡喜了。

唉，宮宴上都不敢多看阿昭幾眼，就怕被人看出了自己的心思。阿昭到現在都沒有接受自己，要是壞了她的清譽，那就不好了。這樣想著，盧紹成把頭收了回來。

盧紹成雖然克制，但是盧家祖母和盧夫人可是帶人他的人，如何會看不出來他的變化呢？兩人對視一笑。少年人的事情啊，她們不摻和。當年阿成的祖父和父親都是憑自己的本事娶到心上人的，他也要憑本事。

若是當真不行，她們就等著阿成來求她們。哈哈，那個時候就可以先嘲笑一番，再來盤算盤算。

盧紹成要是知道自己祖母和娘親心中是這樣的想法，怕是要欲哭無淚。她們寵是寵著他，但是喜歡看好戲也是真的。唉，還是皇帝叔叔好，除了要求自己上進，都是有求必應。

突然，盧紹成的神色一變，一把掀開了馬車底板，拿出兩節木棍拼接成一把長木槍。

「祖母、娘親，不要下來。」

盧紹成拿著長槍下了馬車，他倒是要看看，是誰膽敢在京城鬧事。

盧家的護衛都是當年從戰場上退下來的，雖說或多或少身帶殘疾，可都是好手。他們此時正在和一群黑衣人對峙，氣氛緊繃，一觸即發。

盧紹成走到前面，槍尖對著那些黑衣人。「爾等何人，膽敢在京城鬧事?!」

「要你命的人！」黑衣人首領聲音沙啞，在黑夜之中教人覺得像是什麼鬼魅一般。

他揮手示意，身後的黑衣人全都衝了上來。

「我倒是要看看，誰能要我的命！」盧紹成揮舞著長槍。「眾位聽令，首領留活口，其他的便不必留情了！」

「是！」盧家護衛一半守在馬車旁邊，一半跟著盧紹成殺了出去。月光之下，大刀寒光凜冽。

後面不遠處，孔家的人見此立時就停下馬車，孔家家主下令回轉，前去五城兵馬司。

孔昭撩開了簾子，手中也拿著一杆長槍。「父親、母親，你們先行去五城兵馬司，我前去相助。」

「給我回來！」孔家主面色如霜。「妳一個女兒家能做些什麼？盧家護衛都是從戰場上下來的，不比妳有用嗎？」

孔夫人也是擔憂不已。「阿昭回來，太危險了，盧家不會有事情的。」

孔昭卻是回頭看了他們一眼。「若是當真出事了呢？」

孔家夫婦不言語了，但是他們的意思卻是教孔昭一眼就看明白了。出事了又如何，那是盧家的命數，和他們孔家沒有關係。

孔昭垂下了雙眸。「父親、母親，若是教皇上知道我們沒有派人相助，只是去五城兵馬司搬救兵，皇上會不會遷怒？」

明帝的確是一位明君，但也是一個人，一個有感情的人。盧紹成在明帝心中的位置和親生兒子無甚區別，甚至有時候還更為寵愛。自己視為己出的要是出了意外，明帝會不遷怒袖手旁觀的孔家嗎？

說完，孔昭一個箭步衝了上去。很多時候的她都是冷靜克制的，不管是什麼事物都不能夠教她有所變色，可是她只要想到前面的那個人再也見不到，就冷靜不下去了。

雖然明面上的理由是為了孔家，但是孔昭自己心裡，清二楚。她是為了自己，是為了他。那個笑起來又蠢又可愛的盧紹成，她不希望他死，她希望他能夠好好地活著。

「你們快上去幫大姑娘！」孔家主指了一些護衛幫忙，再命一人趕緊去五城兵馬司催搬救兵，他們夫婦則是帶著其他人躲在馬車之中，沒有別的行動。

孔家主向來行事謹慎，因為只有謹慎，才能夠教孔家一直存活。世家之所以能夠存在，就是因為要學會謹慎，也要學會取捨。可是孔昭的話也不無道理，若是讓皇上知道他們袖手旁觀，難保不會有後患。

既然如此，還不如拚一把。還好，今日來了宮宴的只有自己一家，二弟因為抱恙，乾脆一家子都在家歇息了。如此也好，若是自己死了，孔家也能流傳下去，說不定還能夠依靠著皇上的愧疚之心，更上一層樓。

是的，孔家主便是如此冷心冷情。不涉及孔家的時候，他是一位好父親、一個好丈夫，可若是涉及孔家利益的時候，那就什麼都要退讓，即使要退讓的是自己的性命，他也依然可以冷心冷情地算計著其中的好處。

當然，孔家主並不是找死，只是已然習慣了，如何從各種事情之中找到最為有利孔家的條件。不管是留下來拚一把，還是看著往日裡最疼愛的女兒和那些黑衣人拚殺。

第四十六章

「阿昭，妳來做甚?!」盧紹成一槍挑掉了想要偷襲自己的人，轉身就看見朝著自己奔來的孔昭，目眥盡裂。「妳快離開！」

「你可無法命令我。」孔昭語氣淺淡，卻是轉手便捅穿了一個黑衣人的心。「你的盧家槍法和書院教授的槍法到底誰更厲害，你我今日可以比試一番了。」

事已至此，盧紹成不會硬要孔昭回去了，因為這只是在浪費時間，還增加了危險，既然如此，他會護著她的。「妳我聯手？」

「好。」孔昭到了盧紹成身邊。「皇上那裡的功勞，我要一半。」她實在是懶怠聽父親、母親的那些話，還不如拿些東西來塞住他們的嘴巴，讓他們莫要再說些什麼上進的話了。

盧紹成對著孔昭笑了。「好，全都給妳！」他很高興，阿昭終於肯靠近他了，哪怕是只有一點點，他也是高興無比。

月光之下，京城大街一片廝殺聲。

次日，整個京城譁然。昨日是皇上的聖壽，但是前去宮中赴宴的人卻在回家的路上遇襲了，這怎麼看都有問題。

一時之間，很多人都將目光放在了他國人的身上，尤其是蠻族人，畢竟他們是外國使臣，只有他們才會在這種時候想要搞事情。加上被襲擊的人是盧家兒郎，蠻族的懷疑就大大地增加了。

若是盧郎君死了的話，蠻族草原一定是一片歡慶。盧家兒郎一向都是蠻族的剋星，尤其是盧元帥。所以，肯定就是蠻族人，是的，就是他們。

如果一開始只是懷疑的話，看著三王子和小公主連使臣館的大門都沒有出來過，就更加確定了。要不是心虛的話，他們為什麼不出門？一定是他們！

遭受襲擊的是盧紹成，他只有左胳膊被劃傷了，看上去雖說有些嚴重，卻是皮肉傷，很容易好的。盧家護衛也只有受傷，哪怕傷得重一些，也都還活著，但是孔家的護衛就不行了，死傷還是挺大的。

即便盧紹成沒有事情，但明帝還是震怒不已。他就想要自己兄弟的兒子平安喜樂地長大，為什麼總是有一些不長眼的小蟲子來搗亂？

明帝氣憤不已，下令大理寺必須將幕後真凶查出來，如不然，整個大理寺都要降職處理。

只可惜，雖然盧紹成將那一群黑衣人全都給殺了，還活捉了首領，可是首領卻是當機立斷地自盡了，根本就沒給他們任何問話的機會。

而後，大理寺的仵作在檢查這些屍體的時候，從他們的身上發現了一些隱密的刺青，這些刺青都是支月國的印記。

一時間，大理寺的人將目光投向了支月國。

支月國都快要哭了。這個刺殺事件根本就和他們支月國沒有關係啊！培養這樣一群死士需要很多銀子，他們支月國連國王都是窮鬼一個，生活過得還沒有魏朝的大官過得好。

不僅如此，蠻族還總是欺負他們支月國。雖然背靠著魏朝，但也不能夠總是求助，不然就會教人厭煩了。於是，拿出錢財來就是正常的事情了，國庫空得連一隻老鼠都沒有，也就更加正常了。

在這樣的情形之下，他們支月國根本就沒有人會花錢培養死士。不為別的，因為這實在是太耗費銀錢了，他們支月國不管是國王還是大臣，都捨不得。

支月國使臣的理由一說出來，大理寺的人就無話可說了。這個理由很好、很強大，並且還是真的。這樣一想，支月國還真的是不可能，看起來的確是被栽贓陷害了。

大理寺的官員將事情報上去的時候，明帝也是認同這個說法。支月國的確是沒有這個能力，那麼就要繼續查，到底是什麼人想要殺了盧紹成。

支月國的使臣知道整個國家逃過了一劫以後，心中的滋味卻是複雜，又想笑、又想哭，畢竟，用「窮」來證明自己的清白，實在是太過於丟臉了。可是有什麼辦法呢，他們就是窮啊！

因為刺殺事件，整個京城被明帝下令封鎖得嚴嚴實實，寬進嚴出，但凡是想要離開京城的車馬全都需要檢查，就連跟隨的僕人也是沒有放過的。於是，不管是大家小姐還是隨從侍女，不管是貧民的菜車還是馬背上的東西，全都要接受檢查。還好城門檢查的人員也有女子，這才讓許多女子安心地鬆了一口氣。

哪怕只是拍一拍，但她們不是隨便什麼手都能夠拍的，若是郎君的手，她們可是不依的。

整個京城的氣氛都變了，很是緊繃，好像什麼風雨要來臨一樣。不，不對，從盧紹成被襲擊的那一刻起，風雨就已經來臨了。

「小妹，」使臣館中，三王子在小公主的房間內。「事情鬧大了，我們怎麼辦？」

「什麼怎麼辦？」小公主笑了。「有什麼事情是與我們有關的嗎？沒有。所以，怎麼辦就是不需要我們去辦。」人都死了，還能扯到他們身上不成？

「可是現在外面都在說是我們做的。」三王子看起來很是焦躁不安，一直在原地團團轉。「要是他們真的查到了什麼，我們就死定了。」

「就是因為都在說是我們做的，所以魏朝皇帝才會更加謹慎。誰知道是不是想要嫁禍呢，對嗎？」小公主笑了，帶著森森的寒意。「越是擺在明面上的東西就越是不可能，越是光明正大就越是不會教人懷疑，所以你放心，我們不會有事的。」

就是可惜啊，那麼多好手都沒能夠達到目的。盧家兒郎不死，終究是他們蠻族王室的心頭恨，若是盧紹成死了的話，那麼父王說服其他貴族就更為容易了，當真是可惜。

「是這樣就最好了。」三王子一副貪生怕死的樣子。「此番前來魏朝，妳才是主事，若是出了事情可是要妳負全責的。」

小公主不屑地瞪了三王子一眼。「知道了。你如此不能擔事，難怪父王一直不肯改了你母親的身分，當真是無用。」

三王子想要生氣卻又強行忍了下來。「宮宴上妳答應我的事情——」

「成功了嗎？」小公主打斷了三王子的話。「沒有成功，那就不算數。行了，就這樣吧，我要休息了，你回去吧。」

「妳……」這麼早，休息什麼！三王子敢怒不敢言，轉身就回了自己的房間。他的臉上一直帶著憤怒，直到進了自己的房間，關上了門，那一瞬間，他臉上的憤怒都消失了。

呵，女人就是女人，為了那些不明所以的自尊心和嫉妒心就亂來。雖然也算是按照計劃行事，可是和原本說好的相差太遠了，不過，誰讓她是父王指定的人呢？

三王子的眼底帶著滿滿的諷刺。生母是闕氏就是不一樣，高貴得很。可他的母親不必旁人可憐，他自己會想辦法讓她脫了女奴的身分。

小公主的房間內只剩下她一個人，方才的那些高傲不屑全都消失了。糟糕了，魏朝皇帝的態度太過於堅決，他們怕是不能夠借著聯姻一事從魏朝算計些什麼；還有那個盧紹成，他身手好，身邊護著的人也不少，想要殺了他實在是不容易。

在魏朝潛伏的好手泰半都折損了，想要再動什麼手腳，恐怕不容易。那些潛伏的人都是十幾年前就來到魏朝的人，身分清白又好用，實在太可惜了。

若不是為了對付盧紹成，小公主是決計不會動用到他們的。因為盧家這兩個字，對於蠻族就是一種震懾。哪怕現在盧家只剩下一個從未上過戰場的盧紹成，但是依舊可以教蠻族的那些大貴族畏懼。

小公主恨恨地捶了一下桌子。實在是太可恨了，若是能夠成功了該多好！若是當真殺了盧紹成，就算是她死在魏朝也無妨，只要能夠成就大業，小小的犧牲是值得的。

可是現在沒有成功，只能夠算了。小公主努力地平心靜氣，現下先要保住自己的性命，才好謀算他事；至於三王子，不過是自以為瞞過了別人的傻子而已，先吊著吧，或許將來可以成為自己的擋箭牌。

女奴的兒子就是女奴的兒子，是沒有出頭的那一天的。

沈淵等五人正在盧家，接受熱情接待。盧家祖母看到這麼多的晚輩，開心得不行，一個勁兒地讓他們多用點心。

盧家祖母說道：「這個冰酥酪是阿成最喜歡的東西，他現在手臂受了傷，不能吃，你們是他的好友，多吃些，教他看著過過癮。哦，若是身子不舒服也不要多吃，到底是冰的東西。」

她看著底下的五個孩子，臉上滿是笑容。她曾經想過自己兩個兒子能不能爭點氣，讓盧家子孫滿堂，讓她也享受一下兒孫繞膝的感覺。可惜啊，世事弄人，她這個心願是達不成了。

所以，盧家祖母最是喜歡看著家裡熱熱鬧鬧的樣了。以往來的人只有沈淵和唐文清，男孩子嘛，她也是喜歡的，可是沒有香香軟軟的女孩子，心裡還是失落。

現在好了，有男有女，光是坐著讓她看著，這心裡也開心。

一旁吊著手臂的盧紹成不滿了。「祖母，還是不是我的祖母啊？我受了傷不能吃冰酥酪就算了，怎麼還叫旁人多吃點？這分明就是吃給我看啊！」這是親祖母嗎？還能要嗎？

盧家祖母點頭。「就是吃給你看的啊！」

盧夫人也笑了。「祖母心疼你呢！喊什麼呢？」

兩人雖然將盧紹成看得極為重要，可那是在涉及性命安全的時候。她們不讓他上戰場，卻不會對他身上的一點傷大驚小怪，當初她們夫君身上的傷，可比這個嚴重多了。

所以，逗弄一下盧紹成，也就不是什麼大事了。

盧紹成一臉鬱卒，轉頭看著沈淵。「沈淵，你給我評評理，我——」

「食不言、寢不語。」沈淵微笑，而後端起了冰酥酪認真地吃著。

盧紹成用看無恥小人的目光看著沈淵。什麼食不言、寢不語啊，你和你家阿冉在書院食堂的時候，怎麼就沒有食不言、寢不語啊？算了算了，沈淵向來不做人的，還是換一個。

於是，盧紹成將目光投向了唐文清。

唐文清笑看著盧家祖母。「盧祖母，這個冰酥酪真好吃，不愧是阿成喜歡的呢。」

盧家祖母笑得樂開了花。「阿清喜歡就多吃點，小夥子火氣重，不怕。」

「好啊。」唐文清一副乖孩子的樣子。

盧紹成翻白眼。怎麼差點就忘了呢，唐文清也是個不做人的。他太慘了，受傷就算了，吃不到冰酥酪就算了，怎麼還有一群人吃著冰酥酪給自己看呢？

孔昭的眼神動了動，笑著說道：「盧同學的傷好了便能吃了，不必過多難過的。」她的笑容是訓練出來的那一種，弧度不多不少剛剛好。

她只能用這樣的笑容來掩飾自己，否則就要洩露自己的心事。

她昨晚一直作噩夢，夢見盧紹成的傷不在手臂，而在脖子。她害怕極了，再不敢睡了，睜眼到天亮，而後就想要來看盧紹成，只要確定他還活著，她就心安了。

可是貿然上門，根本不是孔昭會做的事情。於是，她聯繫了大家，正好他們也要上門問候，她才跟著一起來了。

看到盧紹成只是傷了手臂，提著一整晚的心總算是放下了。其實孔昭是知道盧紹成只傷了手的，昨夜也看到了，可是，她終究因為夢境而擔心不已，根本放心不下。

孔昭很想要光明正大地關心盧紹成，可是她不能。孔家不是好相與的，她不能讓那些一心只有孔家利益的人趴在盧家身上吸血。

盧家這樣就很好了。盧紹成，還是莫要和她牽扯，會過得更好些吧。

第四十七章

「嘿嘿嘿！」盧紹成看見孔昭關心自己，不由得傻笑起來。「好，我等傷好了再吃就是。」

阿昭關心自己呢，她在關心他呢！嘿嘿，嘿嘿嘿！

方雨珍已用完一碗冰酥酪，又端起了另一碗。「阿昭妳好奇怪啊，為甚要喊阿成同學啊？我們不是都是好友了嗎？向來都不這麼喊的啊！」她只是覺得奇怪，是以隨口說了出來，沒有別的意思。

可是這話落在孔昭的耳中，卻是教她整個人都震住了。是了，她好像過於疏遠盧紹成，落在別人眼裡，也是奇怪的吧？

秦冉歪頭。「大概是因為阿昭在長輩面前比較拘謹吧。」

方雨珍疑惑地眨眨眼。「是這樣嗎？」

「阿冉，」沈淵給秦冉的冰酥酪加了一些糖漬紅豆。「妳試試這樣吃，妳一定會喜歡的。」

「哇，紅豆！」秦冉開心地舀了一勺放進嘴裡。「嗯，好好吃。」

沈淵看著秦冉笑了，柔聲說道：「喜歡便多吃些。」

「嗯。」秦冉點頭。

唐文清將自己的配料推到了方雨珍面前。「我不愛用這些配料，給妳了。」

方雨珍雙眸晶亮。「好呀！」她什麼配料都喜歡，全都放在一起才好吃呀！

看到她吃得開心，唐文清也笑了。

孔昭見話題不在自己的身上了，這才微微鬆了一口氣。她沒有抬眼，因為她知道他正在看著她，於是，她也只好低頭吃冰酥酪了。

盧紹成不在乎孔昭不理睬自己，只是克制著自己，偶爾才看她一、兩眼。但是他所謂的克制，除了秦冉和方雨珍看不出來，大家都看出來了。

沈淵和唐文清對了個眼神，相視一笑，不言而喻。

盧家祖母也和盧夫人對視了一眼。原來是孔家女啊，嘖嘖嘖，還真會挑，一挑就挑了這麼好的。

盧家祖母站起來，說道：「哎呀，你們小輩就自己說話吧，我們不在這裡干擾你們了。」

盧夫人站起來扶著盧家祖母。「你們將盧家當作自家，隨意些，我們最喜歡阿成的朋友上門了。」說著，兩個人就離開了。

於是，正室就剩下了沈淵等六個人，氣氛一下子鬆快了些，畢竟再是慈愛的長輩，那也是長輩。

「阿成，」沈淵看著盧紹成。「襲擊你的人到底是什麼來路，你可有線索？」

盧紹成搖搖頭，說道：「他們用的招式雖然都是殺招，但沒有什麼特別的地方。招式之間倒是若有若無地想朝著支月國的方向引去，可惜了，支月國窮得多少年都沒有什麼高手出現了。」

老實說，支月國是真的窮得不能再窮了，就算支月國的景色再好，可惜那裡山高水多，不好種植也不好養馬，幾乎沒有什麼用處。最大的收益就是山上的那些山珍和草藥，可是這些東西畢竟有限，栽種也種不出多少，所以幾乎都是靠著宗主國魏朝才能夠活下去的。

再加上支月國的王室向來仁厚，從來都不忍心自己享福，讓官員和百姓吃苦，所以整個支月國幾乎是一樣地窮。

要他們拿錢出來養這樣一群精銳的殺手，那是絕不可能的。支月國寧願多給大家買點好吃的，或者給宗主國送禮物，教宗主國多看顧幾分。

再說，即便有能力培養，難道不應該殺了總是欺辱他們的蠻族嗎？殺向來對待他們優厚的魏朝人，支月國的人腦子暫且還沒有壞掉。

唐文清開口。「但是你有懷疑的人，對嗎？」

「蠻族，絕對是蠻族的人。」盧紹成看了一眼自己的左手臂。「我的直覺告訴我，就是蠻族的人。我要是死了，北境的招牌就少了，蠻族大概也會覺得鬆了一口氣吧？」

孔昭微微皺眉。「可是沒有證據，無法向蠻族問罪。他們的尾巴倒是掃得乾淨，大理寺的人可是什麼都沒有查出來。」

大理寺可不是沒用的人，他們都是精英中的精英，因為開國長公主對於大理寺這樣審判重案、難案、懸案的地方很是重視，所以能夠留在大理寺的人，都是不可小覷的。結果他們卻是什麼都沒有查到，哪怕一部分的原因是因為時間短，但也能證明背後之人的能耐了。

「都是生活在京城之中十幾年的人了。」盧紹成想到明帝傳給自己的消息就一陣氣悶。「大概是當初京城的防範有所疏漏，所以留下來的。」

盧紹成所說的疏漏是什麼，大家都是清楚的。

老實說，若不是那個人已然身死，就算是身為皇上，大家也是要罵人的。真不知道先帝到底是怎麼登基為帝的，親信小人、疏遠賢臣，寵愛麗妃及順王，要不是有祖宗家法壓著的話，早就翻天了。

幸好先帝沒什麼用，雖然寵愛麗妃昏了頭，但是也沒有耽誤他後宮三千，於是那後宮三千為了君王恩寵，就聯合起來把麗妃給弄死了。先帝除了傷心一陣，也沒有別的了，倒是更加寵愛麗妃的兒子順王。

當初那個樣子，先帝怎麼看都是有意扶持順王上位，可惜順王又蠢又毒，只要聽話就能夠拿軍功的事情都讓他給搞砸了，還害死了盧家三父子。先帝再怎麼想要讓順王上位也是不能夠了，否則宗室請出祖宗家法，他這個皇帝也要倒楣。

反正大家雖然不說，但是對於先帝的不滿都在心中。若不是明帝登基十幾年來勵精圖治，魏朝說不定就要開始從內潰敗了。

孔昭假裝沒有聽見盧紹成話中有抱怨先帝的意思。「其實此等陰私之事，怕是大理寺的人都不如何有經驗。」

至於有經驗的人到底是誰，大家也都心知肚明。開國長公主留下來的東西許許多多，其中最為神秘的，就是一直在大家口中流傳但是外人從未見過的暗衛。這是開國長公主和太宗兩姊弟為了保衛魏朝而留下來的，據說若是有哪一任皇帝有滅國之勢，他們就會先把皇帝給滅了。

也就是因為這樣，先帝才不敢太過分。他怕在宗室之後來的人就是這些隱身在暗處的暗衛，畢竟再怎麼疼愛兒子，還是自己最為重要，他向來就是這麼自私的一個人。

「啊！」秦冉突然拍手。「我今日上門拜訪，其實還帶來了好多葡萄，我們來做葡萄飲怎麼樣？這是我自己做的飲料，絕對好喝，而且別的地方沒有的。」雖然說魏朝並不阻止國人討論國事，但是有些事情還是不要說比較好。

再說，這般悶熱的天氣，難道不值得來一杯清涼解渴的葡萄飲嗎？雖然冰酥酪也很好吃，但畢竟太甜了，嘴裡感覺有點膩。

沈淵無奈地看著秦冉。「哪有人上別人家做飲料的？」他的小阿冉啊，想要轉移話題可以換一種啊。

「哎呀，沒事。」盧紹成右手一揮。「都說了多少次，在我家不必客氣，隨意、隨意。我祖母和娘親恨不得家裡熱熱鬧鬧的，可惜人少，熱鬧不起來。阿冉啊，那個什麼葡萄飲，我能喝嗎？」

他剛才看著大家吃冰酥酪的時候，那是一個饞啊！可惜祖母發話說他不能吃，他只能夠看著，好慘啊。

「可以啊，」秦冉點頭。「不過你的那一杯就沒有冰了。」

盧紹成瞬間就蔫了。所以，他還是不能喝冰的啊。

盧紹成的樣子教在場的人都笑了出來。一時之間，盧家充滿了快活的氣息。就像是回到了十幾年前，盧家也是這般熱鬧，只不過那個時候的熱鬧，更多的是大爺和二爺打起來的熱鬧。

宮中，明帝聽見大理寺卿的回報，無奈地按了按自己的額頭。「什麼都沒有能查出來，是嗎？」

大理寺卿跪在明帝的面前。「臣有罪！雖然那些刺客的家屬都教臣給關押了起來，但卻是什麼都沒能夠問出來。他們都是魏朝子民，也一直都是這樣認為的，他們並不知道家中的頂梁柱為何這般做。」

「還能為何，因為他們是蠻族人！」明帝狠狠地捶了一下桌子。「這幫狼子野心的，亡我魏朝之心不死，殺盧家血脈之心不死！」不用說什麼證據，他就是知道是蠻族人。

可是，如果明帝要向蠻族問罪的話，就必須要有證據，否則其他各國若是認為魏朝隨意在蠻族頭上安了一個罪名就是為了開戰，到時候要是各國一起反擊的話，即便是魏朝，也是要身陷危機之中的。

「臣無能，還望皇上降罪！」大理寺卿不敢起身。

「罷了、罷了。」明帝揮手。「之前乃是朕憤怒之下的言語，大理寺不必所有人都降職，但是，所有人都要罰一月俸祿。」魏朝王室向來不認為什麼金口玉言無可更改，他們奉行的是有錯就要認，就要改。

大理寺卿鬆了一口氣。「多謝皇上。」

「行了，這件案子朕交給別人，你們繼續審問那些家屬，看能不能從他們身上問出些什麼。」明帝揮手示意大理寺卿下去。

雖然現在看來那些家屬似乎毫無異樣，但是他還是覺得不能放過。

大理寺卿說道：「謹遵聖訓。」至於明帝究竟把這個案子交給了誰來查，他並不準備過問。身為明帝的心腹之一，他大概也是明白的，應該是傳說中隱在暗處的那些人吧！

「李桂。」

「奴才在。」

「去給東先生傳信，叫她見機行事。」

「是。」

聖壽過去，各國使臣還沒有離開京城，學生們卻是要回到書院上學的。

這日清晨，街面上又是一輛輛的馬車行駛而過。原本郎君們上學去比較願意騎馬，但是之前發生刺殺事件，各家都不放心，強令他們也要乘馬車，在護衛們的保護下回書院。

於是，這馬車就越發得多了。幸好這麼多年了，京城早就有一整套的流程，這才沒有造成街道堵塞。

今日清晨還下了雨，噠噠噠的馬蹄聲伴著車輪聲，倒是有些意趣。

「你瞧，」小公主站在鴻臚寺使臣館的大門，看著那些行駛而過的馬車。「這魏朝多好啊。」好到讓人想要搶過來。他們蠻族在草原上逐水草而居，經常東奔西走，哪裡能夠有這樣的安定和祥和。

這樣繁華的地方，他們怎麼會不喜歡、不想要呢？若是這些都能夠屬於蠻族，那該有多好。

站在小公主身後的兩個女僕並沒有回話，因為小公主不需要她們的回答。

小公主不再說話了，就這樣一直看著馬車一輛又一輛地駛過，好像怎麼也看不膩一樣。

使臣館的暗處，楊承達也在看著小公主。

他從跟著嘎魯來到京城以後就沒有離開使臣館，只是一直躲著，所以根本就沒有人發現他還在使臣館之中，沒有離開。

一開始楊承達是因為心裡有些疑惑，覺得蠻族的行為很是奇怪，於是留了下來。反正他獨自一人沒有家累，現在官職也移交了，藏起來並不是什麼難事。

只是楊承達很慶幸自己留下來了，因為他在留在使臣館的日子裡發現了很多有趣的事情。例如三王子是個兩面人，面對小公主和私底下的時候是兩個樣子；還有嘎魯，他看起來是小公主的人，但是暗地裡卻是聽三王子的。

還有，小公主這個人表面上看起來驕縱任性又很有嫉妒心，不然不會因為沈淵而想要對秦冉下手。可是根據楊承達的觀察，她根本就不怎麼在乎沈淵，或者說是，不如何在乎才對。

也許這個蠻族小公主對於沈淵是有一些心思，但是這樣的心思不足以教她在魏朝出手對付一個官宦家的女子。小公主更像是為了什麼目的，驅使著她這麼做。

在看人這一點上，楊承達自愧不如何雙，所以儘管他很是看不慣何雙，但是依舊和他一起商量了，果然，何雙也是這樣認為的。她絕對是另有謀算，盧紹成的刺殺也絕對和她脫不了干係。

看來這蠻族使臣團還真是臥虎藏龍，楊承達在心中冷笑。蠻族從來都不會改變他們的性子，他們魏朝為了過上好日子，是自己去努力；而蠻族呢，卻是想著如何搶奪別人的好東西來讓自己過上好日子。

果然，開國長公主流傳下來的話沒有錯，這些蠻族人，尤其是大貴族，骨子裡流著的就是強盜的血液，不得不防。

不過，楊承達的笑容變得詭異。皇上將事情交給了東先生處理，那個女人向來為達目的不擇手段。於她而言，證據什麼的不重要，只要她想這麼做，那麼就可以這麼做。

第四十八章

秦家馬車到嶽山山腳下的時候，清晨飄著的雨已然停了。

秦冉從馬車上下來，清新的空氣迎面撲來，將她身上帶著的睏倦都給捲走了。她揹著自己的書包，抓著雨傘往上走。

「阿冉。」嶽山書院的山門處，沈淵已然在等著她了。

他看著秦冉朝著自己奔來，本就溫柔的笑容彷彿要化成水一般，將他眼中的人淹沒了一樣。

「沈淵。」秦冉小跑著到了沈淵的面前。「早上好。」

「早上好。」沈淵很自然地拿過了秦冉手上的雨傘，將她的書包也揹在自己身上，另一隻空著的手，自然是要牽著她的手了。

秦冉跟著沈淵往山上走。「這樣不好吧？」她看著自己那個繡著花草的書包揹在沈淵的身上，總覺得非常違和。太女氣了吧，感覺怪怪的。「要不然還是我自己揹著吧。」

沈淵笑了。「阿冉的東西由我揹著，如何不好呢？我覺得很好，再好不過了。」

秦冉笑得有些羞澀，她總是無法徹底坦然地面對沈淵的某些言行。只是，她也無法否認的是，她的心中也是喜歡的，有他在，就總覺得什麼都變得美好起來。

山路上，嶽山書院的學生們瞧著他們兩個人，默默地翻了白眼。

想當初他們剛知道的時候，那是一個震驚，差點沒把自己驚得從山上摔下去。後來還是覺得詫異，以前那個快要成仙的沈郎君，怎麼就不見了呢？

最後，他們徹底無語了，翻白眼翻得特別索利。但是這個也不能夠怪到學生們的頭上，誰讓這對未婚夫妻在書院之內總是出雙入對，除了不能一起上課、不能一起休息，他們幾乎都是在一起的。

雖然說他們在一起的時候都是在談論功課，實在是教人佩服，但是他們之間流淌著的氛圍實在是扎心，因為書院內還有許多單身的人啊！從一開始羨慕到後來的無語，時間其實過得挺短暫的。

好不容易爬上山，快要進去書院門口的時候，居然要排隊。秦冉有些奇怪。「什麼時候要排隊啊？」雖然覺得奇怪，但是她還是下意識地拉著沈淵排在大家的後面。

前面的學生轉過身來。「是慕容大夫，他在檢查學生的身體情況還有隨身攜帶的東西。」

沈淵微微皺眉。「為何？」

學生說道：「夫子說是為了檢查大家的健康。」

很顯然，這只不過是表面上的理由而已。大家都不是剛來嶽山書院一、兩天了，對於書院的規矩都是知道的，書院可從來沒有什麼在進去之前還要檢查的規矩，就算是為了學生們的安全，那麼帶著的東西呢？

有些腦子轉得快的人就想到現在還在京城的那些人，大概是為了以防萬一吧！畢竟慕容大夫都出來了，要知道他雖然醫術好，但是脾氣差，學生們都很是害怕他。

而且慕容大夫最討厭旁人叫他起床了，往日這個時辰他明明還在睡覺。能夠讓慕容大夫這般配合的，只有山長了。那麼山長為何要叫慕容大夫來呢？書院的醫館也要其他大夫的。

慕容大夫醫術好，但是用毒更好啊！

秦冉握著沈淵的手緊了緊。

沈淵低頭看著她。「阿冉？」

秦冉噘著嘴巴。「沈淵，我討厭他們，非常非常討厭。」她真的很討厭蠻族，感覺和他們扯上了以後就沒有好日子過。大家和和氣氣地過日子不是很好嗎？為什麼要這樣呢？

當然秦冉也知道有些人就是不願意和氣過日子，就是想要搗亂。她的平靜生活被打破，是以就更加討厭蠻族人了。要不是因為他們的話，書院不會發生那麼多事情，阿成不會受傷，還有其他的種種。

哼，一群壞人！

瞧著秦冉氣呼呼的樣子，沈淵勾唇笑了。「那我和阿冉一起討厭他們，好嗎？」

「嗯。」秦冉點頭，等到將來明帝實行了對蠻族草原的經濟控制，他們就不敢亂來了。嘻嘻，想想都覺得開心。

見秦冉的心情又變好，沈淵無奈笑了。還真是個小姑娘呢，氣惱和開心總是這般快。

慕容大夫沈著臉檢查來、檢查去，什麼東西都沒有檢查出來。當然了，這是一件好事，只是他的心情依舊不好。他就想好好睡個覺，怎麼就這麼難呢？

這樣想著，慕容大夫檢查到了秦冉他們，而後，他的鼻子皺了皺，看著秦冉的書包。「裡面放了什麼？」

秦冉笑了。「慕容大夫就是厲害。」她從書包裡面拿出了一小罈酒。「這是我帶來書院，想要用來安眠的。」睡前一小杯酒，美容又安眠。

慕容大夫更加靠近些聞了聞。「玫瑰酒？」

秦冉點點頭。「嗯，的確是玫瑰酒，我自己泡的。」

慕容大夫盯著那小罈的玫瑰酒不放。「聞起來很是不錯的樣子。」他對秦冉的印象不深刻，對於沈淵卻是知道的。近幾日也是因為沈淵，才會對秦冉的印象加深，只是他以前都不知道，這小丫頭泡酒的手藝這麼好。

不知道為什麼，這罈酒一直勾著他的鼻子不放啊。哎喲喂，這實在是太為難他了。自從東先生離開書院以後，他就沒有喝過什麼像樣的酒水了。誰讓他自己花銷大，銀錢總是沒剩多少，買不起好的酒水。除了東先生會拿酒和自己換藥丸子，其他人都不會。

雖然，這是因為其他人不敢。

所以，可憐的慕容大夫，腹中的酒蟲都快要鬧翻天了，尤其是現在還有這麼美味的一罈酒放在他的眼前。

秦冉眨了眨眼。「那個……要不，我把它送給慕容大夫喝？」不為了別的，只因為慕容大夫的眼神看起來實在是太可憐了，一個頭髮花白的小老頭可憐兮兮的，秦冉自然是心軟了。

「那我就不客氣了！」慕容大夫手腳俐落地將玫瑰酒拿了過來，抱在懷中。「好了好了，你們其他的東西沒有問題，趕緊進去吧！」那個模樣，彷彿害怕別人給搶了一樣。明明這罈玫瑰酒，還是別人送的。

秦冉不由得被逗笑了。「好，那我們先進去了。」她覺得慕容大夫好好玩啊，就像是一個小孩子一樣。不過也是，老小老小，越老越小孩嘛。慕容大夫的頭髮都花白了，可不就是老小孩？

沈淵卻是回頭看了慕容大夫一眼，而後轉過身，和秦冉繼續往前走。他其實並不知道慕容大夫是不是有什麼其他身分，但是直覺告訴他，慕容大夫和東先生的身上有著一樣的氣息。

他們，也許來自同一個地方。

不過這和他無甚關係，沈淵並不是一個喜歡探究他人秘密的人，每個人都有自己不想說的事情，在不涉及安危的情況下，他不會去過問的。

「沈淵。」走著走著，看到四周沒有人以後，秦冉的聲音變小了。「我昨晚回去的時候，突然發現了一個問題。」

「哦，什麼問題？」沈淵覺得這樣小心的秦冉很是可愛，於是乾脆配合她，也小聲地說話。

「我覺得，阿昭和阿成兩個人，有這個的苗頭。」秦冉伸出了自己的小拇指比劃了一下。

「什麼？」沈淵有些茫然。「這是什麼？」

「就是……咳咳，苗頭啊！」秦冉看著沈淵茫然的樣子，恨鐵不成鋼，怎麼就不懂她的暗示呢？

沈淵看著秦冉的神色，恍然大悟，他笑了。「我本以為妳察覺不到呢！」畢竟，有的時候阿冉還是挺遲鈍的。

「我也是昨晚躺在床上想了好久才發現的。」秦冉不禁握緊了沈淵的手。「沈淵，你覺得他們會如何啊？」

「世事多變，誰知道呢？」沈淵笑了笑。「而且情之一字，外人不好插手，不是嗎？」

也因為這樣，雖然當初孔昭發現沈淵對阿冉的感情，也只是看著，卻沒有插手的緣故。

秦冉的小臉上滿是愁容。「我知道啊，可是阿昭家情況特殊，我怕她將來兩難。」

感情之事，雖然難以說對錯，但是總歸受傷更多的是女子。秦冉就是怕阿昭受傷了。

孔家的行事作風實在是讓人喜歡不起來，秦冉雖然專心讀書，但也並非什麼都不懂。而且阿昭是從不願連累旁人的性子，若是將來有一天陷入了兩難之中，她怕是只會自己為難自己。

阿昭是自己的好友，秦冉怎麼忍心看到那樣的情況呢？

沈淵卻是笑了。「阿冉，妳忘了嗎？阿成有一個秘密武器。」

「什麼秘密武器啊？」

沈淵抬頭看了看天空。「若是他發話了，誰能反對呢？」

明帝對於盧紹成的寵愛是實打實的，日後若是他們兩人當真兩情相悅，先不說明帝能不能見到盧紹成受委屈，就說孔家，他們捨得放棄盧紹成帶來的利益嗎？

所以沈淵並不認為他們兩人之間有什麼難的，除非是孔昭不中意盧紹成。在他看來，最難的應當是唐文清。他的身世背景才是真正的拖累，方家又是疼愛女兒至極的人家，怕是根本就不會考慮他；而且他自己也克制著，從不表露半分，方雨珍性子粗疏，也根本看不出來，又是一副尚未開竅的樣子。

他們兩人才是前途坎坷呢！

秦冉卻是嘆氣。「我發愁的不是這個，我是發愁阿昭會覺得拖累了阿成，根本不願意前進一步。」她昨晚認認真真地思慮過阿昭的反應了，若是她對阿成完全沒有感覺的話，以往的那些異樣根本就不會出現在她身上。

可是她的種種表現卻說明，阿成對於她而言意義是不同的，正是因此，才會教阿昭躊躇不前。

沈淵頓了頓。「原來如此。」他並不如何了解孔昭，是以根本就沒有想到這一層。「不過，若是他發話了，一切的阻礙都不是阻礙。」就怕阿成覺得孔昭無意，乾脆阻攔了明帝下旨，憑他的性子，這也不是沒有可能。

阿成，從來就不願意為難旁人。

兩人對視一眼，同時嘆了一口氣。突然覺得太會為旁人著想，也是一件麻煩的事情呢。

「算了，船到橋頭自然直。」秦冉晃了晃腦袋。「反正他們若是需要幫忙，我們便幫忙，其餘的還是看著吧。」感情這件事情太令人頭疼了啊，突然覺得她好幸運。

沈淵是自己從天上掉下來，掉在她的面前，之後還是他先朝著自己靠過來，也是他先告白，還是他先上門求親的。他們兩個人水到渠成，感覺沒有什麼困難，也沒有什麼波瀾起伏。

但是秦冉並不覺得他們的感情不夠深，世上千人千面，感情自然也是不一樣的。有那種波瀾壯闊、轟轟烈烈的，自然也有他們這種水到渠成、溫馨平淡的，反正秦冉覺得現在就很好，什麼都很好，一切都不需要改變。

嗯，如果那些討厭的蠻族能夠不出來的話，那就更好了。

沈淵笑著說道：「阿冉所言極是。對了，等一下妳的第一節課是策論，我們快走兩步吧。」他將她的課表都背下來了，自然知道她要上什麼課。

「對哦。」秦冉恍然大悟。「策論可不能遲到，走走走！」說著，她的腳步加快了起來。

不知道到底是不是沈淵的功勞，反正秦冉就像是徹底開竅了一樣，以往總是有些懵懂不解的地方，現在是一點就通，課堂表現良好，讓夫子們很是滿意。尤其是策論的夫子，心裡非常得意。都說了這是個可造之材，看，這不就提升了嗎？

但是正因為秦冉在課堂上的表現提升了，所以才不能遲到；若不然，夫子們可是要生氣的。唉，真是甜蜜的煩惱。

回歸書院以後，學生們全都沈浸在學習之中，京城的那些風風雨雨，好像和他們都沒有關係了一樣。當然，其實最大一部分原因是因為整個嶽山書院的學生都被夫子們來了一場震撼教育。

第一節課就是隨堂考試，完美地讓學生們回到了自己的身分。什麼國家大事，什麼蠻族、什麼刺殺，能有隨堂考試恐怖嗎？他們還以為夫子們說的回來就考試是隨口說說嚇唬他們的，結果來真的啊！

第一天就不能夠讓人緩一緩嗎？啊，好絕望啊……

第四十九章

午飯時間的食堂一片哀號。就算是大廚看今天下雨，特意燉了熱呼呼、暖人心的胡椒豬肚湯，也不能夠讓大家的心暖和起來。這來自夫子們的打擊，可是六月飛雪寒，怎麼都暖和不起來。

對此，夫子們表示，呵，誰讓你們玩得太開心，已經忘了自己的學業呢？

還真的是，原本學生們還記得課業的事情，即便是放假了，也是時時溫書；可是這一次放假實在是發生了太多事情，教人目不暇給，於是自然分散了心思。最後，就是今天這樣的結果了。

今日中午，依舊是六人坐在一起用餐。沈淵、唐文清和孔昭還是一如既往，對於他們三人而言，課業從來就不是什麼難事。只是，往常應該跟著盧紹成和方雨珍一起嘆氣的秦冉，今日卻是精神飽滿的樣子。

秦冉端著胡椒豬肚湯，小心地吹了吹，喝了一口，感覺熱意從胃傳遍了整個身體，感覺舒服。她不經意地抬了下眼，就看到盧紹成和方雨珍死盯著她。「嗯，你們看著我幹麼？」

「阿冉，為什麼妳這麼有精神啊？」方雨珍覺得有些奇怪。「難道妳們策論沒有隨堂考試嗎？」說到這個，她就不由得提高了聲音，羨慕極了。

「哦，不是啊，我們也是考試了的。」秦冉放下了湯碗。「只是今日的題目我會啊，我覺得做得還算是不錯，心情當然好啦。再說，我昨晚可有溫書，所以我當然不怕。」

「什麼?!」方雨珍一臉不可思議。「妳昨晚居然溫書了？」

秦冉點點頭。「嗯，因為沈淵囑咐過我要溫書，所以我就溫書了啊！」她就知道聽他的話沒有錯，看吧，這不就派上用場了嗎？

方雨珍頓時更加萎靡了。「呿，有未婚夫婿叮囑就了不起啊！」這兩人見面不是溫書就是叮囑溫書，也就阿冉受得了，要是她啊，才不願意呢！

秦冉笑了，帶著點驕傲。「對啊，就是了不起啊。妳要是想了不起一下，也可以叫伯父、伯母為妳訂一個親啊！」

她的話音剛落，唐文清端著碗的手便是一抖。只是他掩飾得好，除了沈淵，無人瞧見。

方雨珍擺擺手。「還是算了吧，我覺得我一個人挺好的。」

秦冉本就只是隨意說說，見方雨珍如此，自然就不再說這個了。

一旁的唐文清笑了笑，斂下了心中的複雜。說好了要克制，可是，似乎還是太難了些。

倒是盧紹成，除了哀號一下今日的隨堂考試大約是完了，就幾乎都在盯著孔昭看了。因為今日她就坐在自己對面，旁人又習慣了他們六人在一起，所以即便是看著她，也不會教人覺得奇怪。

孔昭控制自己不看向盧紹成，笑著輕聲和方雨珍說話。她啊，實在是自制力太低了，總是要人操心，不過誰讓她從小就操心到現在，也習慣了。

「嗯，其實……」秦冉咬了咬筷子，而後放開了筷子，說道：「以後我可以幫忙看著阿雨，不教她玩得太開心，又忘記溫書了。」

方雨珍說道：「往日不都是阿昭在做的嗎？不過妳來幫忙也好。」嘿嘿嘿，以後就可以纏著阿冉，叫她多做點好吃的了。

「不是，」秦冉笑了笑，帶了些羞澀。「今日下課的時候，夫子告訴我，過兩日我可以去玄字班，和阿雨同班了。」

在嶽山書院，雖然成績下降就要換班級，但是如果成績上升也是可以換班級的。只要每一科的夫子們都同意了，那麼學生就可以往上換一個班級；如果學生非常突出的話，還可以直接去天字班。

「真的？」沈淵揚眉。「看來阿冉的成績可是提升了不少。」

「都是你幫我的。」秦冉的左手在桌子底下抓住沈淵的手，眼睛卻是垂著不敢看他，臉頰帶了淡淡的粉色，蔓延到了耳垂。「有了你，我每一科的成績都提上來了。」

沈淵反手握住了秦冉的手。「是因為阿冉本來就聰慧，我不過是從旁協助而已。」

「才不是呢！」秦冉抬頭，雙眼認真地瞧著沈淵。「就是因為你，我才會變得厲害的。有你，真的是我一輩子的幸運。」

沈淵的心軟成一片。他的小阿冉，怎麼可以這般可人心呢？「不，有妳才是我一輩子的幸運。」

秦冉俏臉微紅，猶如白玉被鳳仙花點染了顏色，她對著沈淵笑。「那，我們互為幸運？」

「好，互為幸運。」沈淵伸手揉了揉秦冉的頭髮，心中卻還是在遺憾。若只有他們兩人的話，他就能夠抱抱她了，她如此可人，他如何不想抱抱她呢？

兩人相望而笑，惹得原本想要恭喜秦冉的四個人一臉牙酸。喂，顧及一下他們好嗎？他們沒有隱身好嗎？

「阿昭，吃塊櫻桃肉吧！」方雨珍給孔昭挾了一塊櫻桃肉。「這裡面沒有用真的櫻桃，一點都不酸，不會教妳酸倒牙的。」

盧紹成聞言覺得有道理，也給自己挾了一塊。「有道理，我也要吃一塊。」嘿嘿，這樣就和阿昭吃同一道菜了。

唐文清笑笑，說道：「真的酸倒也無妨，回去之後漱漱口便是。」他瞥了沈淵和秦冉一眼。「這假的酸啊，才教人不適應，畢竟漱口也無用。」

方雨珍第一個點頭同意。「極是極是。」這兩人，訂了親就無法無天，稍微顧忌一下旁人啊！

孔昭雖然沒有言語，卻是笑著將碗中的櫻桃肉給吃了，很顯然，她也是跟著大家一起調侃沈淵和秦冉。

秦冉反應過來自己做了什麼，微微泛紅的臉變得更紅了。她也不說話，就是低著頭喝自己的胡椒豬肚湯。

她一副很是專心的樣子，只是誰都知道，她不過是害羞了。

沈淵面上倒是沒有半點異樣，只是看了其他四人一眼，微微一笑。這個笑容看起來甚是風度翩翩，端的是一派君子端方，但是在了解沈淵的唐文清和盧紹成眼裡，這是來自地獄的微笑。

一般沈淵這麼笑的時候，就代表著要有人倒楣了。這種時候，怎麼看倒楣的都不會是孔昭和方雨珍，那麼就只剩下唐文清和盧紹成。

「哎呀，我們快些用飯吧！」唐文清立時就轉移話題。「趕緊回去溫書，下午定然還要隨堂考試。」

盧紹成跟著點頭。「對對對，趕快吃，回去溫書、回去溫書！」他才不要被沈淵坑呢！

幾日後，夜已然過半，京城泰半的人都入睡了，卻還有人醒著。因為魏朝的宵禁，這些沒有入睡的人，只能夠在黑暗之中行事。

咚！

一聲輕響後，最後一個黑衣人倒在了黑暗之中。

月光之下，動手的人那張美得令人驚豔的臉龐展露了出來。

東先生冷冷地看著地上的五個黑衣人。「將他們帶回去，用上慕容的藥，嚴加審問。」

這蠻族小公主真是膽子大啊，剛剛才命人刺殺盧紹成，引得整個京城騷動，還沒有徹底平息呢，又叫人出來了。

不過，這怕是最後一波暗地裡的人手了吧？東先生的笑容之中帶著殘忍的殺意，真的好想，好想乾脆把整個蠻族使臣團都給宰了啊！可惜了，皇帝不允許。

唉，擺在明面上的人就是有一點不好，不能隨意下手。東先生是真的很想要將小公主和三王子的頭顱斬下來送給蠻族王，再仔細看看他的好臉色。

不知道等到小公主和三王子離開了魏朝境內，她能不能動手呢？這幫蠻族一而再、再而三地對她的學生下手，實在是教人厭煩。

「妳又在想什麼了？」暗處，楊承達走了出來。「不要打歪主意，這些黑衣人妳能夠任意折騰，但是小公主和三王子他們卻還有用處。」

東先生笑看著楊承達。「我沒有打什麼歪主意啊，只是在想著如何審問這些人，從他們身上拿到小公主在魏朝作亂的證據而已。」她說得很是誠懇，就好像剛才那些在心中閃過的主意全都不存在一樣。

楊承達嗤笑。「人都抓到了，我先離開了。」他又不傻，難道還會相信她嗎？這個女人的心是石頭做的，嘴巴裡面吐出來的都是謊言，誰相信她，那就是大傻子。

他一直都在盯著小公主和三王子，發現了小公主的些許異常。也許她自己沒有發覺，但是在他這樣專門訓練過的人的眼裡，卻是有問題的。她比往常興奮了許多，似乎在等著什麼。

楊承達的心中有一種不好的預感，這才往上報了。他怎麼也沒有想到來處理這件事情的人居然是東先生，原來，皇上重新啟用了她。也是，她雖然手段過激了些，卻是向來有效。

東先生定定地看著楊承達離開的背影，直到徹底看不見了，這才收回目光。

她回了暗處的牢房之中，看著被掛起來的幾個刺客，笑了。

哎呀，怎麼辦，她現在的心情實在是很不好呢！既然她的心情這般不好，那麼只能選擇一個方法來讓自己的心情變好了。

東先生拿起了一根鞭子，對著那些刺客笑了，笑靨如花，在這昏暗的地牢之中，就好像是突然爆開的燈花，實在是美麗得惑人。

可是其他暗處的人見了這個笑容，卻是硬生生打了個寒顫。他們可沒有忘記，當年東先生教訓他們教訓得最狠的時候，也是這樣的笑容。

於是，暗處的人對幾個刺客投注了無比同情的目光。原本用上慕容大夫的藥丸子已經夠慘的了，今天居然是東先生親自出手。

次日清晨，一封加急的密信被秘密地傳進了皇宮裡，送到了明帝的手上。他打開來看一眼，冷笑了一聲。「原來是衝著楚先生去的。」

原本蠻族前來京城攪事，可是楚玉沒有出現，明帝的心中就很是疑惑。他對她還算是了解，當年不能夠阻止盧家三父子死在陰謀之下，一直是楚玉的心結，更因為順王的愚蠢，不知道多少將士白白戰死，這是楚玉心裡永遠都過不去的一道坎。

是以，楚玉對於蠻族向來是深惡痛絕的。她這般厭惡他們，怎麼可能會不進京收拾他們呢？明帝派人一查才知道，楚玉身上的風寒老是反覆，雖然看上去不嚴重，但也實在是麻煩。

於是，楚玉就這樣被僕人給扣在莊子裡面，風寒好了之前，她是出不來了。

當時明帝的心中還是鬆了一口氣。楚玉肯待在莊子裡面，有他派的人保護，自然是安全無虞。她若是來了京城，那張利嘴罵得蠻族痛不欲生而後暴起，衝動之下將她給殺了，也不是沒有可能的事情。

能夠避開，自然是最好的了。

只是明帝沒有想到的是，楚玉那邊消停了，蠻族卻沒有想要放過的意思。他們畏懼於楚玉的腦子，恨不得也殺之而後快。似乎在他們的眼中，只要盧家血脈滅絕、楚玉身死，他們就能夠再無畏懼了一樣。

這樣過度的恐懼，分明就是懦弱。明帝不屑地冷笑了一聲。「李桂，派人去莊子上請楚先生，告訴她，朕準備在最短的時間內啟動長公主的計劃。」至於是什麼計劃不必說，楚玉自然明白。

李桂躬身說道：「是，皇上。」

明帝冷笑了。原本不想要去打擾楚玉，她也算是自己的授業恩師，自然想要她能夠安享晚年，但是現在蠻族挑事，他認為楚玉是絕對不會坐著不管的。

既然如此，乾脆就將場面鋪大吧！明帝的眼裡燃著火焰，他要教各國知道，魏朝依舊是魏朝，不是他們可以觸怒的！

第五十章

「哈啾！」秦冉打了個噴嚏，揉了揉鼻子。

「怎麼了？可是得了風寒？」沈淵擔心地看著秦冉，從懷中拿出帕子給她。

「沒事，不用。」秦冉摸了摸自己的額頭。「沒有燒起來，應該就是昨日貪涼，多喝了一些青梅飲吧。」夏日炎熱，她實在是難以忍耐，雖然要顧著身子不敢多喝冰飲，可還是有點控制不住。

沈淵又是好奇、又是好笑。「雖是夏日，卻也很容易得風寒，今日都不許再喝冰的了，知道嗎？」

聽著沈淵有些嚴肅的話語，秦冉乖巧點頭。「好，我不喝了。」咳咳，雖然說夏日裡面冰飲不能少，但是沈淵都說了，她自然還是聽的。

「不只是今日。」沈淵帶了些語重心長。「其他日子也要注意，不過多用，喝一點就足夠了，知道嗎？」他的小阿冉雖然又乖巧、又聽話，但是偶爾也有這樣任性的時候。

嗯，總覺得像是提前在養女兒了。莫名覺得他有養女兒的經驗了，以後不用怕養不好他和小阿冉的女兒了。

秦冉認真點頭。「知道！」

今日其實是休沐日，只是書院卻不讓大家回家，而且家中也都來信，說是在書院溫書就好。明面上的原因自然是說為了期末考要認真溫書，但是大多數人都知道，私底下，應當還是因為蠻族人。

所以，今日六人見天氣不冷不熱很是舒適，就約好了一起去後山的涼亭溫書。

秦冉本來叫了孔昭和方雨珍等等自己，可是等到她出來的時候，兩個人卻不見身影。還好她離開寢舍就看到了沈淵，只是因為一個噴嚏，讓自己被說了一頓。

沈淵牽著秦冉的手，兩個人朝著後山走去。「這次的期末考可有把握？」

「沒有。」秦冉搖搖頭。「雖然升到玄字班了，但是我還是覺得自己欠缺好多啊。」她覺得有時候自己回答不上來夫子們的問話，實在有些羞愧。

其實秦冉並不知內情，不是她回答不上夫子們的問話，而是他們都對秦冉多加關注，有的時候，問出的問題會更難一些，是以讓她頭疼不少。

沈淵說道：「無妨，有我在呢。等一下將妳不甚明白的題目拿來給我看，我先給妳講一講如何破題，而後妳再做來試試。」

「嗯。」秦冉點頭，而後說道：「沈淵，有你在真的是太好了，要不然，我大概要愁得頭都禿了。」總覺得那些難題不是和她過不去，而是和她的頭髮過不去。

難題想不出來，就會睡不好，睡不好，那就會掉頭髮呀。她本來就生得一般，若是沒有了頭髮，豈不是更加難看了？那可不行！

沈淵聽了以後，開玩笑道：「有時候當真有些懷疑，妳是不是因為我能夠幫妳，才應了我的提親。」

唉，雖然以前他很是開心阿冉和自己在一起的時候，也能夠認真讀書，可是現在，他卻對這個有些不滿起來。總覺得是自己對阿冉還不夠有影響，這才讓她和自己在一起的時候都能認真讀書。於是，沈淵便陷入了一種矛盾之中。

他自然知道秦冉還是要認真讀書才行，否則會影響她的未來；可是他又有點不滿，難道他不比那些書更有吸引力嗎？

秦冉以為沈淵是說真的，登時就著急了。「不是的、不是的，我當然覺得你更重要。我是因為喜歡你，才會應下親事的。真的，我——」她整個人突然被沈淵抱在懷中，剩下的話語也未能說完。

「抱歉。」沈淵單手抱緊了秦冉。「我只是與妳說笑，不是當真如此認為。阿冉，抱歉。」

「沒事的。」秦冉又笑了，笑容溫軟。「是我有些笨，聽不出來你的玩笑。」是玩笑就好了，要是真的，她可就要頭疼了。

沈淵放開了秦冉，彎腰親了親她的唇角。「以後我再也不說這樣的玩笑了。」他的玩笑話還是有些傷到她吧？不然，她也不會那般著急。這讓沈淵有些懊惱，他本就知道阿冉總是認真對待自己的話，怎麼還說這樣的玩笑呢？

「其實真的沒事。」秦冉因為沈淵的吻，臉上泛著一層粉紅。「我喜歡你說的每一句話，就算是玩笑話，我也喜歡。」她就是有些懊惱自己聽不出來是個玩笑，反倒讓沈淵給自己道歉了。

想了想，她踮起腳尖，在沈淵的唇上印了一下。「我給你的道歉。我們互相都道歉了，就都不要再道歉了，好不好？」

沈淵目光溫柔，語帶寵溺。「好，都聽我的小阿冉的，嗯？」

秦冉不由得笑了，帶著點羞怯。

沈淵的手動了動，目光卻是一轉，而後微微皺眉。「走吧，快要到了，大家應該都在等我們了。」

「嗯。」秦冉伸手，將自己的手塞到了沈淵的手裡，和他十指交握。「我們這樣走。」

「好，這樣走。」沈淵笑著說道。他的心中帶了惋惜，若是沒有旁人在的話，他倒是可以過分一些，可惜。

等到沈淵和秦冉兩人的身影不見了，從一棵大樹後面走出了兩個人。

他們就是唐文清和方雨珍。兩人面面相覷，彼此之間倒是有些尷尬。

「咳、咳！那個……天氣不錯啊，啊哈哈哈。」方雨珍也不知道自己怎麼了，就是覺得哪裡不太對，覺得怪怪的。

今日她和阿昭都說好了，不等阿冉，因為沈淵肯定會來等她，她們兩個人才不要跟在這對未婚夫妻的身後呢，不僅礙眼，而且自己的胃也總是飽了一樣。

於是，兩人先行離開了寢舍。只是方雨珍想著，溫書不能沒有吃的，不然溫書到一半，她要是餓了的話怎麼辦。於是，方雨珍就轉道去了食堂，自己的書包還叫孔昭先帶到後山去。

倒是沒有想到在食堂碰見了唐文清，方雨珍自然是上前打招呼。問了才知道，他是被盧紹成支使來買東西的，於是兩人乾脆相伴而行了。

只是快要走到後山的時候，他們聽見了前面有人在說話。

不知道為什麼，兩個人的反應就是躲了起來。剛好，方雨珍和唐文清的身邊有一棵大樹，樹底下還有些矮樹木，一大叢的，兩個人躲著正好。

沒有想到那兩個人就是秦冉和沈淵，這下子，倒是讓方雨珍覺得自己剛才的行為有些奇怪了。於是，她想著還是走出來和他們打招呼，而後一起去涼亭那邊。

結果，那兩個人抱上了！

抱上了就算了，還親上了！沈淵親的是秦冉的嘴角，但是，秦冉親得是沈淵的嘴唇?!方雨珍整個人都呆了。不對啊，這和她印象中羞怯的阿冉不一樣啊！

雖然她還是笑得帶了些羞怯，但是行為可不是啊！枉費她平日裡還擔心沈淵會私底下欺負秦冉，還和孔昭說是不是應該去恐嚇一下沈淵，結果現在看來，根本就沒有必要。

這難道就是所謂的人不可貌相？

等到方雨珍從震驚之中回過神來的時候，感覺到自己身後有一道溫熱的氣息，頓時整個人都僵住了。

她知道，那一道溫熱的氣息是唐文清的。

這樹底下的矮樹木雖然足夠兩個人藏起來，可若是他們兩個人相隔得比較遠的話，卻是不夠的。於是，他們兩人就湊得比較近。剛才還不覺得有什麼，現在方雨珍卻覺得太古怪了。

於是，知道秦冉和沈淵離開了、走遠了，他們兩個人也從樹木後出來，方雨珍仍然有些不自在。奇了怪了，往日裡她在唐文清的面前是很自在的呀，為什麼今日會這樣？

唐文清看著站在自己眼前的方雨珍，眸色深沈。

他是知道的，方雨珍溫書的時候習慣在中途休息時吃些零嘴，他只猜測到她應該會和秦冉分開，過來食堂，至於沈淵，他自然是要去等秦冉的。於是，他就讓盧紹成先去後山，自己到食堂等著。

果不其然，唐文清等到了方雨珍。

他知道兩個人是沒有未來的，也知道他應該遠離她，可是唐文清卻終於明白了什麼叫做身不由己，他越是克制自己，心中想要見到方雨珍的念頭卻越發強烈。

幸好，他現在還可以借著朋友的理由看著她，若是等到她有了心上人，他便可以死心了吧？

抱著這樣的想法，唐文清和方雨珍相伴而行。他知道自己其實很卑劣，既然和她沒有結果，就不應該再靠近她了。可是他每每多靠近方雨珍一點，心中的快樂便會滿溢。

於是，他就只能夠在其他人看不見的地方，稍稍地放縱自己。

只是唐文清沒有想到的是，他們會在無意中碰見沈淵他們。他也不知道為什麼，忍不住就躲了起來。而方雨珍竟然也是如此。

樹後面的位置實在是不大，兩個人靠得很近，近到唐文清似乎還聞見了方雨珍身上傳來的幽香。他狠狠地握緊雙手，克制著彷彿要從喉嚨口跳出來的心。

等到沈淵和秦冉離開的時候，他們這才從樹後出來。只是，唐文清卻看到了方雨珍紅得彷彿朱玉一樣的耳垂。那一刻，他想要放棄自己所有的克制，開始想著他們兩人的可能。

可是，唐家那一攤爛泥立刻就給了他一盆冷水，教唐文清只能夠壓下所有的想法。

她這麼好，不應該陪著自己在那種地方待著。

「那個，阿清，」方雨珍抬頭看著唐文清，對他笑得燦爛。「我們快點走吧，他們應該都到了。」

今日回去的時候，她要去問問阿冉，喜歡一個人是什麼樣的心情呢？因為，她想要確定一下。

唐文清的喉嚨動了動，點頭說道：「好。」還是，放棄了吧！

涼亭之中，最先到的兩人是孔昭和盧紹成。

看到孔昭的那一刻，盧紹成雙眼就亮了。感謝沈淵要去等他的未婚妻，感謝唐文清要去食堂買吃食，他才能夠一個人見到阿昭。

「阿昭！」盧紹成大老遠就對著孔昭招手，笑著跑到她的面前。「阿昭，好巧啊，我們又見面了。」

孔昭瞧著盧紹成興奮的樣子，無奈地說道：「我們六人不是本來就約好了嗎？原本就會見面的。」

「哦。」盧紹成傻笑，撓著自己的後腦勺，看起來更傻氣了。

可是，他的笑容很燦爛，能夠教人暖到了心裡去，孔昭見到也不由得有些心軟。「先坐下吧，他們應該很快就到了。」

「嗯，好。」盧紹成頭點得飛快，不自覺便坐在了孔昭旁邊的位置。可是他剛坐下來，又想到他們兩個現在無甚關係，坐得這般近好像不太好，但是，他又實在是想要坐在阿昭的身邊。

於是，盧紹成滿臉糾結，整個人也僵住了。

孔昭如何看不清楚盧紹成的心思，卻只能夠狠下心假裝看不懂。他們沒有未來，就不必太靠近了。

盧紹成糾結了許久，還是只能站起來，委委屈屈地坐到了孔昭對面，但是下一刻，他又開心起來，這樣能夠看著阿昭的臉，也很不錯啊！他向來是個心寬之人，很會為自己找到開心的理由。

孔昭翻開了書本，垂下眼看書，假裝不知道盧紹成在看著自己。只是，書上的內容並不能夠進到她的心裡，因為她的心亂了。

不能夠這樣下去了。這樣想著，她抬起頭看著盧紹成。

「阿昭？」盧紹成一直看著孔昭，對於她的目光，自然是第一時間就有了回應。

孔昭頓了頓。「盧同學，我們之間是不可能的，放棄吧。」還是早些說清楚，讓他不必再自誤下去了，也免得在她的身上浪費時間。

盧紹成的臉色白了白，有些受傷。

孔昭的心一緊，硬是狠下心假裝自己沒有看見。

只是，下一刻，盧紹成卻又笑了起來。「阿昭，我被襲擊的那一天，妳出現在我身邊，我能夠感覺得到妳的心。」

孔昭移開了目光，不再看著盧紹成。「那是我怕皇上遷怒於孔家。」

「妳看著我的眼睛，若是妳告訴我，妳當真沒有半點私心的話，我就死心。」盧紹成的眼底微微發紅。「阿昭。」

孔昭下意識抬眼看著盧紹成，一眼就看到他眼底的受傷。她自己的心也像是被什麼給揪緊了一樣，原本到了嘴邊的話，硬是說不出來。

涼亭之中，氣氛緊繃。孔昭定了定心神，張口想要說話。

盧紹成立馬站了起來。「沈淵、阿冉，你們來了啊！」他跑到了涼亭外面迎接走過來的兩人，心裡鬆了一口氣。

謝天謝地這兩個人出現了，不然阿昭就要說出口了，那麼他們就真的沒有半分餘地了。

明明阿昭對自己也不是不在意的……盧紹成帶了點委屈，他有什麼不好，可以改的，真的！可是阿昭一開口就是不合適，不要繼續了。唉，要是能夠知道阿昭到底有什麼心結就好了。

盧紹成能夠感覺得到孔昭的心意，尤其是兩人並肩作戰的那一天，她拎著長槍朝著自己奔來的那一刻，眼中的情感那般炙熱，他是絕對不可能認錯的。

可是，那天晚上以後，阿昭就回到了自己的殼裡，好像什麼都沒有發生一樣。要不是因為左臂上還有傷痕，盧紹成都快要以為是自己在作夢了。

明明一切都是真的啊！

第五十一章

沈淵和秦冉進了涼亭中，自然是坐在一起的。秦冉旁邊一邊坐著沈淵，一邊坐著孔昭，她坐下的時候看了看孔昭和盧紹成。「你們兩個人剛才在聊什麼啊？」氣氛有點奇怪。

「沒什麼。」孔昭搶先開口。「就是在說為什麼你們還沒到。」

「哦，這樣。」秦冉點點頭，卻沒有要相信的意思。一向沈穩的阿昭居然會搶先開口說話，沒有問題她都不相信。不過呢，她才不會傻傻地問出口。

沈淵說道：「阿清和阿雨他們就在後面。」剛才若不是他們的話，他就可以……呵，後面再算帳，全都算到阿清的身上。

「哈啾──」此時，唐文清和方雨珍也走到了涼亭外，唐文清還打了個噴嚏。

他抬眼看著正朝著自己笑的沈淵，無奈地按了按額角。果然，剛才他和阿雨還是被發現了，總覺得要倒楣呢。

「阿冉、阿昭。」方雨珍三步併成兩步小跑過來，對於涼亭內的微妙氣氛視而不見。她本就不是什麼細心的人，自然是看不出來。「我們快點溫書啊，結束了就可以早點回去了。」

早點回去，她就可以早點問問阿冉，到底何謂心動了。

方雨珍這話一出，其餘五人都用驚訝的眼神看著她。怎麼回事，為什麼方雨珍在沒有孔昭和秦冉的監督下，都要奮發向上努力讀書了？

看著眾人的眼神，方雨珍的嘴角抽了抽。「喂，你們的眼神怎麼回事啊？就這麼看不起我嗎？我也是可以很認真的好嗎？」方雨珍跳腳。

這話一出，大家都笑了，一時之間，涼亭內外都是快活氣息。向來隨性，只在考前努力或要有人盯著的方雨珍居然說她很認真，豈不是讓別人覺得好笑嗎？

方雨珍憋著氣。哼哼，今日就教你們看看，她方雨珍也是可以很認真的。

晚上，方雨珍擠進了秦冉的房間。孔昭覺得奇怪，乾脆也走進去看看是怎麼回事。

「阿冉，我有事情想要問妳。」方雨珍躊躇了不到片刻就問出口，她向來都是直接的性子。

秦冉說道：「什麼事情？妳問吧。」

方雨珍想了想，關上了門。她不介意阿冉和阿昭知道自己心事，但是別人還是不要了吧。

她看著秦冉，問道：「就是，何謂心動啊？」

「啊？」秦冉驚訝地抬頭看著方雨珍。「阿雨，妳怎麼突然問這個？」

「就是、就是……」方雨珍的面上帶了些害羞。「我就是覺得自己可能對一個人心動了，可是我又沒有真的動心過，所以我要問清楚啊！」

秦冉和孔昭對視了一眼，看到對方的眼底滿是驚訝。老實說，會害羞的阿雨，她們還真的是第一次見到。

「哎呀，阿冉，妳說說嘛！」方雨珍上前拽著秦冉的胳膊，搖來搖去的。「快說說嘛！」

「好啦、好啦，我說就是了。」秦冉可經受不起方雨珍這麼搖晃，她頭暈。「心動啊，就是會想著喜歡的人，時時地念著他，想到他就會心中歡喜，看到他更是歡喜。每日裡若是能夠多見他一刻，那麼便會多歡喜一刻，我就是這樣的。」

燈光之下的秦冉像是披上了一層柔和的紗，眼底的光芒如此醉人，若是教沈淵看見，怕是就要擁著她不肯放開了。

方雨珍聽得一愣一愣的。「這就是心動嗎？」

「嗯。」秦冉點頭。「不過啊，我說的情況更適合兩情相悅，如果只是單戀，而且是苦戀的話，那就不一樣了。」

孔昭不由得問道：「有什麼不一樣？」

秦冉說道：「單戀和苦戀更多的是苦澀啊，苦到人心裡發疼。可是感情又不是筷子，說放下就放下，所以，這樣的苦澀往往是在折磨自己，也許會放下，但是需要時間來療傷。」

孔昭的聲音有些發澀。「需要……多久呢？」

「誰知道呢？」秦冉聳聳肩。「每個人的情況不一樣，若是死心眼一點的，怕是要一輩子吧？」

孔昭垂下了雙眼，不再說話。

「那我懂了。」方雨珍笑了。「我喜歡唐文清！我要去追他，把我的單戀變成兩情相悅！」她笑得自信張揚，教整個房間彷彿都亮了起來。

「啊？唐文清?!」秦冉驚訝極了。「妳什麼時候和唐文清扯上關係的？」不是，為什麼她一點痕跡都沒發現啊？

方雨珍說道：「就是今天啊，我突然發現的。」

「嗯……」秦冉有些遲疑。「阿雨，妳這樣會不會太輕率了啊？也許妳只是誤解了呢？」

「不是誤解。」方雨珍很是認真。「我想著以前的唐文清，還有現在的唐文清，都讓我覺得心動不已。所以啊，我明天要去當面確認一下。」

「當面？」孔昭從自己的情緒中脫離出來。「什麼當面？什麼明天？妳今兒晚上告訴我妳喜歡他，明天就要去當面確認了？」

方雨珍點頭。「對啊。方家家訓，該出手時就出手，絕對不能拖拖拖拉拉的。」阿清那麼好，她絕對不能夠繼續拖下去，要不是今天晚了，她就直接衝去郎君的寢舍了。

「阿雨，這……」

方雨珍抱著孔昭的手臂。「阿昭，我是很認真的，沒有在開玩笑，妳知道的。」

孔昭默默嘆氣，無奈地說了一句。「那妳怎知唐文清也喜歡妳呢？」

方雨珍說道：「這就要我明天去問啊！我若是一直都不問的話，要如何知道呢？妳放心吧，阿清若是說不喜歡我，我不會亂來的。」

孔昭的嘴角微微抽了抽。這般強調不會亂來，反倒讓人覺得很不靠譜。

秦冉卻是笑了。「阿昭，就讓阿雨去吧。她若是不能親口問了的話，一定會受不了的，還不如讓她去問個清楚。」

雖然方雨珍看上去大剌剌的，其實感覺挺準確的，也許唐文清當真對她有情。即便是他拒絕了，也比阿雨憋在心中來得好。

孔昭默默嘆氣。「那妳便去吧。」她其實也是關心則亂，她知道的，若是讓阿雨一直憋在心中，最後反倒是不美；就這樣直接問了，若是不成的話，她還可以早些抽身。

「耶！」方雨珍興奮不已。「我明日就去約阿清出來，妳們等著我的好消息吧！」哼哼，她的心告訴她，阿清也是喜歡她的。

此時，唐文清的房中一片寂靜。

他坐在書桌前，燈火搖曳下，他緊緊地盯著桌上的白紙。

他想畫一張阿雨的畫像，但是想到最後也許會為她帶來麻煩，便放棄了。反正即便是不畫出來，她的樣子依舊在他心中。這樣面對著白紙，她的輪廓就出現了，清清楚楚。

「阿雨。」唐文清似乎輕喚了一聲方雨珍的名字，又似乎只是錯覺。

第二天下課後，唐文清和沈淵一起走出教室，突然間，他們的面前竄出來一個人。

「阿雨？」唐文清的眼睛微微瞪大了。

「嘻。」方雨珍對著唐文清笑了笑，然後伸手抓住了他的手。「阿清你來，我有事問你。」

「什麼？」唐文清下意識地跟著方雨珍往前跑。

他回頭看了沈淵一眼，發現他卻只是對著自己笑。不是，沈淵，你看到兄弟有事情，難道就是站在原地笑嗎？

沈淵站在原地目送著唐文清和方雨珍離開以後，腳下一轉，換了個方向。不知道阿冉想自己了沒有？

方雨珍拉著唐文清悶頭往前跑，也不說話，教唐文清雲裡霧裡的。直到他們來到了昨日的大樹前，她才停下腳步。

「阿雨，」唐文清很是疑惑。「究竟發生了何事？若是需要我幫忙的話，直說便是。」

方雨珍抬頭看著唐文清，問道：「阿清，如果有女子來拜託你，你都會幫她的忙嗎？」

唐文清愣了愣，回答道：「不是的，妳是我的朋友，所以我才會幫忙的。」

「只是朋友嗎？」方雨珍一步步靠近唐文清。「難道就沒有別的了嗎？」

她的靠近，教唐文清不由得一步步後退。「什麼別的？」不知道為什麼，他的心跳得厲害，他的心裡，突然有一種不太好的預感。

「就是別的感情啊！」方雨珍見到唐文清居然後退，乾脆加快腳步逼近唐文清。她將他逼到了樹前，再不能後退了。「我是想問，你對我，有沒有別的感情，超出朋友以外的？」

「我……」唐文清整個人像是被什麼給敲了一下，有點發愣。他看著方雨珍，雙眼不由得瞪大了。「妳……」

方雨珍不耐煩地揮揮手。「哎呀，什麼你你我我的，我就是想要問你，你喜歡我嗎？」

唐文清如遭雷擊。「什麼?!」

方雨珍踮起了腳尖，雙手緊緊地按住了唐文清的肩膀。「我，方雨珍喜歡你，喜歡唐文清。那麼你呢，你喜歡我嗎？」

「我……」唐文清只覺得自己有點無法呼吸了。

他沒有聽錯吧？他真的沒有聽錯吧？阿雨剛才在說什麼？她說她喜歡自己？是真的嗎？不，應該是幻覺吧，都是假的吧？

「真的，絕對比真金還要真。」方雨珍本來也是心中緊張。她是女子，也會害羞，可是她知道，這個時候當然是勇敢比較重要啦，所以她還是說出來，也問出口了。

雖然方雨珍接受阿清不喜歡自己的可能，但若是喜歡她的話，自然是皆大歡喜。只是她沒有想到的是，阿清會直接變傻了，還喃喃自語的。不過聽見他在說些什麼，她還是非常開心。

她就知道，她這麼可愛漂亮，怎麼會有人不喜歡呢？嘻嘻。

「我也……」唐文清衝口而出就想說自己也喜歡她，可是頭上卻猶如一盆冷水澆下來。他差點就忘記了自己的身家背景，怎麼配得上她呢？他怎麼能夠把她拉到污泥之中呢？「我不——」

「唐文清！」方雨珍在唐文清的唇上落下了一個吻。「唐文清，以後你就和方雨珍兩情相悅了哦！」

唐文清整個人直接愣在當場，那些想好了要說出來的拒絕的話，全都忘得一乾二淨。他滿眼都是方雨珍，腦子裡滿滿的都是剛才的那個吻。

阿雨的氣息是甜的，阿雨是柔軟的，阿雨是……唐文清現在的腦子裡面，全都是阿雨，什麼都裝不下了。

方雨珍投進了唐文清的懷抱中，伸出雙手摟著他的腰，側臉靠在他的胸膛上。「真好，我和阿清是兩情相悅呢！我昨晚還在想著，若是我喜歡你，你卻是不喜歡我的話，那麼我不知道要哭多久呢！幸好我不用哭了，我一點都不喜歡哭，太累了。」

唐文清本想要將懷中的人推開，可是聽見方雨珍這樣一番話，便無法將人給推開了。他想到這樣愛笑愛鬧的阿雨獨自哭的畫面，就覺得整顆心像是被揪起來了一樣，疼到無法呼吸。

他就是想要阿雨一生平安康樂，怎麼捨得她哭呢？

良久，唐文清終究是無法控制自己的雙手，回抱著方雨珍。他挫敗地向自己承認，他並沒有那麼強大的意志，也沒有那麼高風亮節的心胸。他不想要阿雨哭，也不想要阿雨為了別人笑。

他清清楚楚地知道，自己想要阿雨因為自己而笑，想要阿雨以後也能夠這樣待在自己的懷中。可是……

良久，唐文清開口說話，只是聲音艱澀。「阿雨，可是我會拖累妳的。」

「什麼拖累啊？」方雨珍抬頭看著唐文清，眼底一片純然。

「我……」唐文清微微憋氣。「我是唐家庶子，並且唐家的家風齷齪，我們是沒有……」

「那有什麼關係，」方雨珍笑了，笑容明媚，沒有一絲陰霾。「我喜歡的是阿清，又不是唐家。」

方雨珍一聲聲的喜歡徹底擊垮了唐文清的偽裝，抱著她的手更加緊了些。他怎麼會捨得放手呢？「終究是要講究門當戶對，我不配。」即便心中生疼，但是唐文清還是說了。

他私心想要阿雨就這樣屬於自己，卻更加捨不得讓阿雨受傷。若是他們沒有未來的話，豈不是連累了阿雨？女子生在這世上便比男子為難許多，他怎麼捨得讓她承受更多呢？

「我說配就行了啊。」方雨珍依舊自信。「而且我爹娘說過了，我的婚事由我自己做主，只要那個人的人品好、對我好，和其他女子並無牽扯就行了。」至於什麼家世背景，什麼前途的，方家從來都不在乎。她娘還是一個農家出身的醫女呢，還不是被她爹給娶回家了嗎？

「可是……」

「哎呀，不要可是可是的啦，你一個郎君，怎麼這般婆婆媽媽。」方雨珍生氣了，踮起腳尖又吻了吻唐文清。「好了，就這麼說定了，反正以後你就是我方雨珍的了，不能反悔，不然我哭給你看哦。」

唐文清再一次被震得傻了，只能夠點頭同意。

方雨珍得意地笑了。阿冉的辦法好好用啊，阿清一下子就被自己整得傻了。嘿，幸好自己偷偷瞧見了阿冉的絕招，不然就不能用了。

第五十二章

「先去上課吧！」方雨珍對著唐文清擺擺手。「說好了，中午的時候一起用午飯哦。」

「嗯。」唐文清也對著方雨珍擺手，而後卻是站著，看著方雨珍離開的背影。等到她的身影都見不著以後，才踩著發飄的腳步朝著天字班走去。

快要上課了，沈淵坐在座位上，看到唐文清神情恍惚地走了進來。他整個人看著都要飄了，要不是他伸手拉住他，都要走錯位置了。

沈淵拉著唐文清坐在自己旁邊的位置上，奇怪地看著他。「你怎麼了，怪怪的。」

「我……」唐文清轉頭看著沈淵，整個人如墜夢中一般。「阿雨她說……」

「說什麼？」沈淵挑眉。「該不會她向你告白了吧？」他本不過是開玩笑，可是唐文清的表情卻是在說他說對了。「當真？」

「嗯。」唐文清點頭，片刻後狠狠地在自己的手臂上擰了一下。「嘶！」

沈淵看著都覺得疼。「你做甚？」

唐文清俊朗的容顏都有些扭曲了。「我就是想著，也許……嗯，沒什麼。」他只是想著，會不會是自己在作夢，因為太渴望了，才會作這樣不真實的夢。他需要確定，確定自己不在夢中。

沈淵微微挑眉，而後笑了。「上課了，夫子來了。」

唐文清的心思，他自然看得清楚。本以為他會就這樣掩蓋自己的心思，他和方雨珍之間，除了朋友，再不會有其他的了。因為阿清克制，方雨珍性子開朗看不清，沈淵自然認為他們沒有後來。

可是沒有想到的是，方雨珍倒是開竅了，打了阿清一個猝不及防。在真正心愛的人面前，所有的防線都是沒有用的，除了全面崩潰，再無其他。沈淵覺得好笑不已，之前還一副只是朋友再無其他的樣子，現在打臉了吧？

唐文清不知道沈淵的心中在想些什麼，若是往日還能夠發現一二，可是現在卻是不行了。他整個人的心思都在方雨珍的身上，把剛才的一幕幕全都拉出來一一回憶。

幸而這節課是律法，唐文清已經將魏朝律法倒背如流，而且他也是律法課夫子的得意學生，不然怕是要被罰站。

另一邊，寢舍中的秦冉聽著方雨珍說了事情經過，對於方雨珍的行為，她就只有一個想法——服氣啊！就這速度便把人給拿下了，完全不拖泥帶水。

「不愧是阿雨呢！速度。」

之前，秦冉還想了許多的安慰計劃，不過呢，根本用不上就是了，因為阿雨居然成功了。對此，秦冉當真佩服得無以復加。

「那是自然。」方雨珍眉飛色舞的，眉宇之間帶著點點得意。「再說，我這般美麗可愛活潑大方，誰會不喜歡我呢？」

「嘖，」秦冉伸手揉搓著方雨珍的臉。「這小臉嫩嫩的，怎麼感覺就這麼厚呢？」

「嘻，因為我只是在說實話，而不是厚臉皮呀！」方雨珍才不覺得有什麼呢，該出手時就出手，晚了一步，就什麼都沒有了。

秦冉和方雨珍鬧了一陣，最後還是鄭重地說道：「阿雨，恭喜妳啊，也能找到心上人。」

「我也覺得這是一件值得慶祝的大好事，所以……」方雨珍的神情變得有些猥瑣。「阿冉，妳要不要弄一隻大燒鵝來慶祝一下我告白成功呢？」

秦冉笑著點頭。「好，包在我身上就是。」

「耶！」方雨珍撲過去抱住了秦冉。「阿冉妳最好了，我超喜歡妳的！」

「妳明明更喜歡阿清。」

「那不一樣啊！」

兩個人嬉鬧著，從外面回來的孔昭無奈地搖搖頭，總覺得自己養了兩個小孩子。

她離開了寢舍，既然要做燒鵝的話，那麼當然要有鵝才行啊。孔昭要去找雜役，讓他們去弄一隻新鮮處理好了的生鵝過來。嗯，手腳快的話，晚上就可以吃到了。

到了午飯時間，有人很是心塞。

盧紹成怎麼也沒有想到，不過是上完課而已，整個天地都變了。喂，為什麼阿清居然會和阿雨成了一對？為什麼一點預兆都沒有啊？他為什麼什麼都不知道啊？

這個還不是最苦逼的，最苦逼的是，和他一起吃午飯的小夥伴們，一個個都有了意中人，還全都在一起黏黏糊糊的，就他，追不到心上人就算了，還要看他們黏糊！

哎呀，欺人太甚呀！

「你怎麼了？」孔昭疑惑地看著盧紹成。「生病了胃口不好？」向來吃飯都很有胃口的人突然不吃飯了，還用筷子一直戳著碗裡的米飯，自然是怎麼看怎麼奇怪。

「不是啊，我沒有生病，我胃口很好。」盧紹成得到孔昭的關心，開心地馬上就挖了一大口飯進嘴裡。「看，我胃口真的很好。」

孔昭看著盧紹成璀璨如星的眼神，心下微微黯然。說好了離得遠些，可是她好像做不到啊！

盧紹成為了向孔昭證明自己沒有生病，麻溜地把飯都給吃完了，還把沈淵和唐文清面前的菜也都吃了。

對此，想要把鯽魚羹留給秦冉的沈淵，和想要把醬鴨掌留給方雨珍的唐文清表示，呵，果然有人就是皮癢癢，等一下回去的時候，還是活動活動手腳，讓盧紹成消消食吧！

因為得了孔昭關心而開心不已的盧紹成還不知道，等到他回去寢舍以後要遭到一波雙人攻擊。想一想他現在是單身，還要被兄弟們「欺負」，實在是太可憐了。

燒鵝耗費的時間有些長，等到可以吃的時候，都已經是晚飯了。秦冉和方雨珍倒是想要分一些過去男寢舍那邊，可惜，她們被寢舍的其他姊妹們給發現了。

要知道，這燒鵝看起來好像容易做，但是要做到又是入味、又是好吃的話，很是費時間；再加上在書院之中總是有些不便，是以秦冉都不怎麼做這道菜。每次做這道菜，都是需要方雨珍找個良好的藉口。

於是，嗅覺很是靈敏的姊妹們就開始「嚴刑逼供」，知道方雨珍拿下了乾字院的唐文清，她們也是激動不已。

雖然唐文清沒有沈淵那樣教人覺得高高在上不可親，卻是看似熱情實則疏遠。能夠走到唐文清認定的範圍之中的郎君，也就沈淵和盧紹成兩個人；至於女子，喜歡他的也不少，卻沒有一個能夠成功。

現在，她們寢舍的方雨珍成功了，簡直就是給她們爭面子啊！這般好的大事情，當然值得慶賀一番。

方雨珍委屈，方雨珍想哭，她好難得才找到理由求阿冉做燒鵝，她想要讓阿清也嚐一嚐。可是這一隻燒鵝，也就夠姊妹們嚐嚐味而已。

秦冉無奈了，小聲地和方雨珍保證，等到休沐日的時候再做一隻，到時候他們六個人吃就好了。

這樣一聽，方雨珍又開心起來，和寢舍的姊妹們開始一起搶燒鵝吃了。她本來也不是小氣的人，只是今天第一天有了心上人，心情實在是太過於激動，起伏有點大。

一旁的孔昭笑看著她們，眼底帶著笑意。要是能夠一直這樣下去，那該有多好啊！

女寢舍那邊熱熱鬧鬧地一起搶吃的，男寢舍這邊卻是有人在耍小孩子脾氣。

被收拾了一頓的盧紹成鬧脾氣了。「哼！」

沈淵撣了撣衣袖上的灰塵。「哼什麼？」

「你們兩個人都有伴了，為什麼我還沒有啊？」盧紹成委委屈屈的。「我不管，你們兩個人要幫我，不然、不然……」

唐文清倒是有些狼狽，手背擦了擦臉上的塵土。「不然就怎樣？」

「不然我就、不然我就……」盧紹成想來想去，發現自己竟然沒有什麼可以威脅到他們兩個人的，就更加鬱卒了。「不然我就哭給你們看！」

唐文清聳聳肩。「無所謂啊，你又不是阿雨，你哭的話，我無所謂。」

沈淵卻是說道：「你若是哭了，我就將你的形容畫下來送去給孔昭。」

一擊必殺！盧紹成整個人都蔫了，躺在地上宛如一具屍體一樣。

書院的生活對於學生而言總是繁忙，感覺匆匆轉眼，就已然到期末考了。書院各處總是擠滿了人，每個人都在迎頭奮進。

嶽山書院的一間自習室裡，沈淵、秦冉等六人正在溫書。秦冉、方雨珍和盧紹成，三個人在沈淵等人的幫忙下，可以說是進度喜人。尤其是秦冉，她若是沒有沈淵在的話，似乎很多東西都無法開竅。

對這種神奇的現象，孔昭和方雨珍實在是不知道說什麼好。只能說是天生一對吧，要不然怎麼誰都拿阿冉的腦子沒有用，就只有沈淵行呢？光憑著這一點，他也足夠讓她們放心了。

「好，大家休息一下，放鬆、放鬆。」沈淵看到秦冉告一段落了，開口說道。

「正好，我做了軟酪，大家一起吃。」秦冉放下書，將書都推到一邊，從自己的書包裡面拿出了一個食盒，從食盒裡取出了兩盤軟酪。「我多做了些，夠吃的。」

「啊，還有梅子湯呢！」方雨珍拿出了一個籃子。「這也是阿冉做的，不過呢，我和阿昭都有幫忙哦。」她先給唐文清盛了一碗，而後才是秦冉和孔昭，最後才輪到了沈淵和盧紹成。

秦冉也是先給沈淵拿軟酪，是以根本就不在意方雨珍的行為。孔昭卻是有點心酸了，自己照看著長大的阿雨，就這般被人給拐跑了啊！

盧紹成喝了一口梅子湯。「對了，我從皇帝叔叔那裡聽來了一些消息，你們要不要聽聽？」

「嗯？」方雨珍驚訝抬頭。「我們不是連休沐都沒有回去嗎？你是從哪裡知道的啊？」

一旁的唐文清笑了，說道：「自從阿成十歲到嶽山書院，每個月皇上都會給阿成寫信，就算是朝政繁忙，也至少有一封信。兩個人書信往來了很久，是以他的聽說是『看到』才對。」

盧紹成對著唐文清挑眉。「皇帝叔叔就是喜歡和我寫信，怎麼樣？」

瞧著盧紹成驕傲的樣子，眾人都笑開了。為什麼明帝要這樣給盧紹成寫信呢？因為嶽山書院的學子都要住宿，這一點即便是皇帝也無法改變。但是明帝擔心盧紹成一個人孤單想家，或是被欺負了沒地方說，還是瞧著別人有父親他沒有而難過。

明帝對盧紹成可以說是足夠關愛了，朝政繁忙也都會給盧紹成寫信，他的阿成就算是沒有父親也無妨，他能夠做得更好。

明帝總覺得阿成還是當年那個被人一戳就倒在地上的小團子，總是想著要護著，早就忘記他已經長大了。只不過盧紹成也享受這樣的關愛，從不覺得是一種束縛。

所以，雖然盧紹成的成長過程沒有父親、祖父和叔父，但是他有明帝，還有許多的叔叔、伯伯。從小，他就不覺得自己缺少了什麼，要不然也不會長得這副沒心沒肺的開朗樣子了。

「所以，到底說了什麼呢？」秦冉好奇地看著盧紹成。「難道是蠻族倒楣的消息嗎？」

盧紹成驚訝地看著秦冉。「可以啊阿冉，妳可以去做道士了，這都猜準了。」

「我才不做道士呢，可辛苦了。」秦冉坐得離沈淵更近了些。「對吧？沈淵。」

「對。」沈淵伸手握住了秦冉的手。「阿冉自然不做道士。」他的小阿冉可是要做他的小娘子，怎麼會去作道士呢？

盧紹成無語。他好心好意給大家分享消息，用不著這麼對待他吧？「好啦好啦，就是蠻族倒楣了。那個之前在京城耀武揚威的三王子和小公主，倒大楣了。」

「是什麼？是什麼？」方雨珍激動不已。「快說啊！」

不只是方雨珍，其他幾人也想知道。蠻族就是魏朝人的眼中釘、肉中刺，尤其是之前在京城鬧事情的三王子和小公主，大家都是恨得不行。要不是因為他們身分特殊，他們都恨不得背地裡套麻袋了。

尤其是沈淵，想到他們當初針對秦冉的時候，神色更是難看。

「他們啊，也不知道是得罪了哪一路大神，可是倒了大楣。」盧紹成一點都不掩飾自己的幸災樂禍。他就是看不慣蠻族人，又待如何？

第五十三章

原來，蠻族使臣團本是想要在京城賴著不走，但是其他國家的使臣團都離開了，明帝乾脆直接派人上門詢問為何還不離開魏朝，可是有什麼為難的？

都這樣說了，相當於直接趕人了。哪怕三王子和小公主再是臉皮厚，也沒得臉面繼續留下來，於是只能夠打道回府了。

蠻族使臣團離開京城的那一天，明帝派了一支五十人的軍隊，說是護送他們回去。三王子和小公主倒是想要拒絕，可是明帝說不能再像來的時候那樣，有一支使臣團幾乎全軍覆沒，若是再來一次的話，說不定要以為是魏朝下手的。

無法，他們只能夠應下明帝的「好意」。當然不應也不行，五十個士兵一直盯著他們，想要自己離開也是不可能的。

引路的官員是楊承達，還有鴻臚寺的官員何雙，大約是考慮他們兩人有應付蠻族的經驗。

這一路上倒是波瀾不驚，就連小賊都沒有出現。因此在魏朝和蠻族的邊境處，兩方人馬就此分開了。

可是誰知道，在分開的第三天，使臣團就在蠻族草原境內被襲擊了。使臣團死了大半，小公主在混亂之中被人下了毒藥，從此渾身無法動彈，算是癱瘓在床了。

至於三王子，他的右手臂被砍了下來，就此是一個廢人了。

蠻族王震怒，卻只能在草原內尋找兇手。他倒是想要借此問罪魏朝，可是人不是在魏朝境內受襲擊，也不是魏朝人動手的。哪怕蠻族王認為是魏朝動手的，想要推到魏朝身上，卻也沒有證據。

閼氏就生了小公主這麼一個女兒，哪怕還有三個兒子，但是最疼愛的就是這個小女兒，結果，她不過是去了一趟魏朝回來就成了廢人，氣得在自己的帳子內發火。

她本來看著三王子不過是跟家中奴隸一樣，完全沒有別的感覺，可是此行回來，憑什麼她的女兒受罪，他卻是好好的？於是，閼氏就拿三王子的生母來出氣。

大約是懲戒的時候下了重手，一鞭子將人給打死了，如此，閼氏倒是消氣了一些。對此，蠻族王也沒有半點意見，不過是一個女奴而已，還是一個年老色衰的女奴，沒了就沒了，只要閼氏能夠消氣就行。

但是沒有想到的是，三王子卻是徹底發了瘋，尋了機會將閼氏給殺了，而他也被閼氏的其他三個兒子給生生剁成了肉醬。

蠻族王的臉面是徹底不能看了，一部分是因為他認為三王子到底是自己的血脈，要殺也只能夠讓他來。但是草原的規矩本來就是如此，閼氏的血脈才是高貴的，女奴的孩子能有名分就不錯，殺了就殺了，還能有異議？

另一部分則是因為閼氏的父族對蠻族王翻臉。閼氏是他們的小妹妹，都是護著的，結果居然被蠻族王生下的賤種給殺了，這如何能忍得？

於是，蠻族王和閼氏父族部落開始有了火氣。與此同時，其他的大貴族們也有了自己的小動作，想著趁蠻族王分身乏術時從中牟利，因此草原的亂象漸始。

而這，自然教在場的人心中歡喜。

當然，蠻族的事情自有明帝和朝廷的官員們考慮，暫且還輪不到學生，最多就是不能為了學業不聞窗外事，但也只是關心一二而已。是以嶽山書院的學生們雖然對蠻族的事情心中有數，但是眼前最重要的是什麼，都還分得清楚。

複習的時間就像是被濃縮了一般，很快就過去了。七月初二開始期末考，而後就是學生們放暑假，等到中秋過後，才會重新開學。

只不過這個成績單卻是出得很快，七月初五就會送到學生父母的手上了。

接下來的暑假時間，能不能夠過得好，就看成績說話了。最慘的那一批應該會被書院夫子們家訪，誰都不想要被家訪啊！

於是，七月初五這一天，秦冉在家中祈求各路神仙讓自己考出一個好成績。雖然她這學期因為有了沈淵而成績上升不少，甚至還從黃字班到了玄字班，但是她對自己沒有太大的信心，更不要說以前還被家訪過好幾次。

因為秦冉的入學成績實在是好，誰知道入了書院以後的表現教夫子們大跌眼鏡，於是家訪的事情，從她入學第一年的第一學期開始就有了。每次被家訪的時候，秦冉那個小腦袋啊，就沒有抬起來過。

拜託拜託，一定要有一個好成績啊！不然就太浪費沈淵在自己身上花費的心思了。

「二姑娘！」杏月快步從外面進了正堂。「送成績單的人來了。」

蹭的一下，秦冉就站了起來。成敗在此一舉，老天爺啊！她雙手緊握著，緊張死了。

「快拿來給我看！」秦岩最先說話，早就忍耐不住了。

今日是秦冉發成績的日子，他可是特意請了假，待在家中等著的。不僅是秦岩，就連秦睿和秦婉也都請假了，想要第一時間知道秦冉的成績。因為今年秦冉實在是表現得太好了，她可是升班了呢！

秦家四人對於秦冉的心是越來越偏了，這在京城其他家庭看來不過是泛泛的成績，在他們看來卻是無比厲害。知道秦冉升班的時候，她還在書院中沒有回來，但是他們一家卻是整了一桌子好菜、好酒慶祝。

所以，今日請了假在家中等成績這樣的事情是常規操作。

「老爺。」杏月趕忙將成績單遞給了秦岩，她可是跑在了第一個才搶到這個機會呢！

秦岩打開了成績單，其餘幾人全都湊過去看。

禮節甲上，舞蹈甲上，樂器乙上，馭車甲下，騎射甲中，書法乙上，算學甲下，律法甲中，策論甲中。

秦冉的心一跳。哦，昨天晚上的狀元紅沒有白喝，看，好兆頭啊！

「進步了、進步了，還是大大的進步啊！」秦岩激動得握著成績單的手都在抖。「我就說，我家阿冉最是厲害了！看看，這成績進步的，簡直就跟騎馬一樣！」

柳氏緊緊地攥著帕子。「我家阿冉就是厲害，考得多好啊！」哼，看那些眼紅他們家的人還敢說什麼，再怎麼樣，她女兒都是嶽山書院的學生，他們的孩子連嶽山書院都沒有考上呢！

秦睿不住地點頭。「這成績若是再努力，說不定可以升班到地字班了。」不愧是他秦睿的妹妹，就是厲害。

秦婉伸手挽著秦冉的手臂。「阿冉厲害，考得這般好。」

秦家四人對著秦冉就是一陣誇，好像家中出了一個了不起的天才一樣，全都忘了，在秦睿和秦婉還沒畢業的時候，他們兩人的成績單向來都是全部甲上，了不起多一個甲中，就連當年的秦岩和柳氏也是如此。

可是如今在他們的眼中，最好的成績卻是眼前的秦冉考的。

眾人的誇獎教秦冉不由得害羞了。「其實沒有你們誇得那麼好啦。」

「怎麼會呢？」秦婉摸了摸自己妹妹的頭髮，笑得溫柔。「我們家阿冉這般厲害，怎麼誇都是不過分的。」

其餘三人跟著點頭，他們家阿冉可是出息了啊！

秦冉雖然有些害羞，卻也是高興的。「其實沈淵幫了我好多，我很多題目不開竅，都是他幫著我破題的；還有那些樂器、馭車、騎射之類的課程，都是他在一旁陪著我練習，就連考前的溫書，都是他幫著我整理重點的。」

秦岩滿意地點點頭。「淵兒也是好孩子，你們在一起能夠互相督促，真是太好了。」

柳氏跟著點頭。「淵兒是不錯，但也是我們阿冉聰慧啊！」幸好當初應承下了婚事，要不然這麼好的女婿可就跑了。

秦婉卻是看了秦睿一眼，果然見到他不太高興的表情。哈哈，兄長還在氣憤阿冉被搶走一事。

秦家這邊是一家子歡樂，沈家就不是了。

沈弘明看了沈淵的成績單，全都是甲上，滿意地點點頭，讓沈淵保持好，不要落下來了。

沈淵也是認真地應承下來，父子之間看著就是嚴肅。

張氏推了門進來。「老爺，你可莫要這般對我兒子，明明昨天還出去和別人炫耀，說淵兒一定全都是甲上，什麼兒子太優秀了也是頭疼，都沒有可以教導的地方。嘖，口是心非。淵兒啊，跟娘走，給你準備了慶祝的酒菜呢！」

沈淵笑了笑，假裝沒有看到沈弘明的不自在。「是，娘親。」

「唉，我的公務也處理好了，一起。」沈弘明的不自在也只是瞬間而已，他可是宦海沈浮的人，臉皮厚是第一要義。是以他開口要一起，根本就不覺得有什麼不對的。

張氏撇撇嘴。「來吧、來吧！」哎呀，這個老頭子都不知道自己很是礙眼嗎？哼，若是他肯剃了鬍子的話還能兩說，可是又不剃鬍子，呿！

沈弘明一看就知道張氏在想什麼，他是絕對不會讓張氏動他的鬍子的，這是他的尊嚴，絕對不剃掉！

張氏翻了個白眼。

沈淵跟在兩人身後，微微一笑。咳咳，父母之間的事情，他身為兒子，自然是不能插手的。

到了唐家，唐文清一如既往地聽著唐父自以為是的教訓，還有唐夫人暗中的冷眼，唐文海光明正大的嫉恨。這些雖然教他覺得很是無聊，卻也覺得暢快，只要他們過得不開心、不快樂，他就會痛快了。

只不過今年還是有不同的，只要想起阿雨，他的心就是甜的。

方家的狀況倒是和秦家差不多，一堆人圍著方雨珍誇讚。這可是他們方家唯一的小女兒，今年期末考又有進步，不誇怎麼行呢？

於是，趁著大家心情好的時候，方雨珍鄭重地宣布自己有了心上人。一時之間，方家人仰馬翻。不是，他們家阿雨不過是待在書院一段時間沒有休沐回來，這就被人拐跑了？

是哪個不要臉的郎君?!什麼，是嶽山書院那個有名的唐文清啊！哎喲，不愧是他們方家的女子，就是厲害，知道朝著最好的郎君下手。沈淵訂親了，往下數得著的，那可不就是唐文清嗎？哎呀，有時間就趕緊把人約過來家中見見啊。

於是，方家又變成一片喜樂。方雨珍別提有多得意了，只有這樣歡樂的家庭，才會養出這樣樂觀向上又有點自戀的方雨珍了。

至於孔家，卻是一派肅穆。孔家主對孔昭的成績很滿意，但是態度卻還是非常嚴格。他命令孔昭必須每天多溫書至少三個時辰，下次絕對不能夠考得差了一星半點兒。

孔昭應承了下來。她早就習慣了，這就是她的父親。她想著，若是在秦家或者方家的話，應該是另外的樣子吧？其實，她的心中還是有些羨慕她們的，能夠被人那樣寵著，真好啊！

至於盧紹成那邊，就是樂器、算學還有律法考得不太好，但至少也有甲下。於是他也迎來了一波的誇讚，不僅是盧家祖母和盧夫人，還有那些叔叔、伯伯。

最誇張的應當數明帝了，他甚至還在宮中擺了宴席。要知道明帝最近因為和蠻族大貴族們的合作計劃，可是很忙的，卻還是抽空出來擺宴席。

第五十四章

「什麼？相親宴?!」秦冉聽了孔昭的話，震驚得整個人都站了起來。

她們不過是些許時日沒有見，一見面就聽見了這樣的消息，自然是震驚不已。

「阿昭，妳家明日辦相親宴？」盧紹成怎麼辦？她想這麼說，卻突然想起他們現在還沒有什麼呢。「那都有誰會參加啊？」

「雖然實質是相親宴，不過名義上是賞花宴。」孔昭的眼神微微避開了秦冉的目光。「京中適合人家的郎君，為了不那麼明顯，還會有其他人家的女子，以及各家的主母。也不僅僅是為了我而已，若是有哪兩家的郎君、女子相看中了，或者哪家的主母看中了，也是可以定下的。妳們可要來？倒是可以賞花，不算無事做。」

方雨珍對於孔昭和盧紹成的事情全然不知，也就認為孔昭現在的情緒不對，只是因為不太想嫁人。「那樣的話，我和阿冉是一定要去的啊，我們也要幫著看看才行。若是不滿意就不好了，伯父、伯母總不好硬是教妳嫁出去吧！」

孔昭笑笑。「確是如此。」

秦冉眨眨眼。總覺得讓盧紹成知道了，會有大事發生呢。

「什麼?!孔家要辦相親宴?!」盧紹成驚訝地看著唐文清。「什麼時候辦?給誰辦?」

唐文清說道：「其實這消息之前就在京城世家之間流傳，帖子也是早就送出去了，只是我們不知而已。沈淵是不可能了，我的身分不夠，至於你是無人敢邀請，所以，我們三人都是不知道的。」

若不是自己人脈廣，也無法得知這個消息。

盧紹成指著自己，滿臉疑惑。「為什麼無人敢邀請我？我又不是什麼紈袴子弟，難道還沒有資格嗎？」

一旁的沈淵神態自若地給自己倒了一杯茶。「京中誰不知道你的婚事就連盧家祖母和夫人都無法插手，一切是由皇上心意來的，若是隨意邀請了你，豈不就是和皇上作對？」

明帝對於盧紹成十分看重，不容許任何人隨意插手他的婚事，否則，怕是要讓明帝「另眼相待」了。於是，盧紹成根本就不在京城世家的考慮範圍之內。

「可是皇帝叔叔說了，只要我喜歡的女子人品好、家世清白就可以了，其他都由著我的。」

唐文清說道：「可是其他人不知道啊！」

「不行！」盧紹成拍桌而起。「我不能夠讓阿昭嫁給別人，絕對不行！」他之前還覺得可以慢慢來，現在發現孔家要為她訂親了，這如何使得？不行，絕對不行！

一想到將來阿昭會成為別人的妻子，他們終究是陌路，他就無法接受。

「可是，你又能如何呢？」沈淵轉過頭看他。「她並沒有給你回應，而且既然願意參加這賞花宴，就說明她對家中的安排也沒有異議，不是嗎？」

「不是的！」盧紹成激動不已。「我知道阿昭的心意，我就是知道！」那個晚上，絕對不是他在作夢，他左手臂上的傷痕就是證據。和自己並肩作戰的時候，阿昭的情緒是最為明顯的，他是不會看錯的。

唐文清微微嘆氣。「可是事實就是，明日孔家就要辦賞花宴了啊。」

「我要去把阿昭搶回來！」盧紹成一下子就衝了出去，一副不管不顧的樣子。

沈淵和唐文清都驚呆了。盧紹成對孔昭的情意，他們都看在眼中，但是瞧著孔家都要給孔昭相看人家了，兩個人還沒有任何的進展，想著是不是激一激他。

可是，他們沒有想到會把人激得出去把人強搶了啊，壞事了！

「快追！」沈淵反應過來以後就要衝出去。

「不行。」唐文清眉頭緊鎖。「你我二人就算是輕功再好又如何，阿成他有汗血寶馬啊！」那是明帝送給盧紹成的，一直養在盧家。他也沒有想到，已經有點失去理智的盧紹成還記得可以騎馬去。

「先追人！」沈淵真想打人。「不能讓他鬧出亂子來，京中肆意縱馬，也是要被御史上書彈劾的。」

「去孔家的路有兩條，你我分頭行動。」唐文清也是頭疼不已。

「好。」

追出去的沈淵和唐文清怎麼也沒想到，以往不怎麼愛動腦子的盧紹成，這一次居然動腦子了。

他知道自己不能夠肆意在京城要道上縱馬，否則一定會出事。因為五城兵馬司的人會把他攔下來，到時候就浪費時間了，於是他乾脆騎馬走了比較偏僻且繞遠路的那一條。這條路雖然繞得遠，但是在現在即將到午飯的時辰是沒有幾個人的，再加上他的騎術，一定不會撞到人，而五城兵馬司這時候也不會在這條路上巡邏。

於是，沈淵和唐文清根本就沒能追上盧紹成，因為他根本就不走那兩條路，即便他們先到了，也是追不到他的。

而此時，孔昭正好坐了馬車要回家去。因為路上人來人往，馬車行駛不方便，她乾脆吩咐車伕繞遠路。

結果，正好就撞上了狂奔而來的盧紹成。

他一眼就認出了孔家家徽，想想就知道，應當是孔昭去了秦家剛回來。他下馬衝進車廂，將坐在裡面的孔昭給擄了出來。

盧紹成抱著孔昭坐在自己的汗血寶馬上，韁繩一緊，帶著她就消失了。「吾乃盧紹成，借你家姑娘一用！」

孔家下人都傻眼了，光天化日之下，有人強搶他們家大姑娘？

孔昭也是被眼前發生的事情給驚呆了，沒想到自己居然會被人給擄走，而且這個人還是盧紹成。因為太過於震驚，她一時之間根本沒辦法回過神來。

等到風颳過她臉上的時候，這才回神，孔昭開始掙扎。「盧紹成，你這是做甚，放我下去！」

「妳若是繼續掙扎的話，一定會掉下去的。」盧紹成也不看懷中的孔昭，他怕自己看了就會心軟了。「若是掉下去了，我一定會給妳做墊背的，到時候妳並不會有礙，我卻有可能會斷手斷腳。」

盧紹成騎的可不是一般的馬，而是汗血寶馬，若是從馬背上摔下去的話，當真會斷手斷腳。

孔昭也是認得這匹馬的，整個人便僵住了。她不想受傷，也不想盧紹成受傷；再加上她雖然也有武功，但是盧紹成天生神力，她想要掙脫卻也是沒那麼容易。

無奈，孔昭倒是想要看看，盧紹成將自己擄走到底是要做甚。

盧紹成帶著孔昭一路朝著原本的順王府邸而去，這裡雖然是高牆大院，但是年久失修，後院的牆壁上其實已經整個垮掉了，是以，他直接騎著馬一躍而進。

順王爺當年被明帝給斬殺以後，王府眾人也全都被遣散了。這裡被封了起來，再不允許任何人進入，於是就荒廢了。

盧紹成先行下馬，伸手要扶著孔昭下來，孔昭卻是忽略了他的手，自己跳了下來。

孔昭看著盧紹成，眼底是壓抑住的火氣。「盧家大少爺，你今日這般到底是要做甚！」她氣得連往日裡的稱呼都丟掉了。

「我要問妳，妳是不是對我當真沒有半分情意？」盧紹成扔了手中的鞭子，雙手抓住孔昭的肩膀，雙眼直視著她。「我要知道答案，一個到底是可以讓我歡喜、還是讓我死心的答案。」

孔昭的怒火一滯，眼神不由得別開了。「我不是早就說過了嗎，我們之間是沒有未來的。」

「什麼沒有未來，那都是妳自己說的。」盧紹成的聲音不由得大了起來。「只要妳願意，我們之間自然會有未來，我難道這般不值得妳信任嗎？」

「這無關信任，」孔昭的眼神依舊沒有落在盧紹成身上。「只是我們不合適而已。」

「有什麼不合適的？」盧紹成的聲音中帶了滿滿的難過。「我說過了，只要妳願意，我可以改掉所有妳不滿意的地方。不管是妳要我上進還是要我做別的，我都可以。阿昭，我是真心意愛妳的。」

孔昭不由得抬眼看著盧紹成的雙眼，入目便是他眼底的難過和痛苦。她的眼眶不由得發酸，幾度呼吸才壓下了喉間的哽咽。「你很好，不需要為我改變什麼，我們只是——」

「既然我很好，那妳給我一個機會啊！」盧紹成下意識打斷了孔昭的話，因為他知道那是自己不想聽到的。「阿昭，我真的會對妳很好的，真的。」

「不是這些，我——」

「我不在乎孔家如何。」

孔昭的眼底微微一緊。「你知道？」

「我當然知道。」盧紹成笑了笑。「很多事情，我只是不想知道，可我並不傻。孔家想要一個可以幫得上的親家，難道盧家不好嗎？」

「但是我不想要。」孔昭的聲音也不由得大了起來。「我不想要你從今以後就得面對那麼多，甚至我們的感情也會受到影響。我們都討厭唐家，因為我們知道唐家就是喜歡趴在別人身上吸血，他們培養唐文清，是為了以後可以吸他的血，就連婚姻也都是籌碼。孔家又好到哪裡去？兩家之間有區別嗎？我不希望我們之間也是這樣。」

孔昭的聲音開始壓不住了，她的眼底也開始發紅。「如果我們之間注定是蘭因絮果的話，我寧願從來都沒有開始過，這樣，還能夠保持一點美好。」

她希望眼前的少年郎在記憶中永遠都是這樣張揚自在，而不是在年歲的折磨之中變換了樣子。當年她的娘親嫁入孔家，為的不就是心中的少年郎嗎？可是現在又如何呢？

孔家的家主眼中都是孔家的利益，也許他的心中還有對妻子的憐愛和對孩子的關愛，但是這一切全都比不過孔家的未來。娘親心目中的少年郎早就消失了，而她自己也變成了當年最討厭的樣子。

孔昭不由得苦笑。她不想那樣，真的不想。

「所以妳承認我們之間是有感情的。」盧紹成的雙眼發亮。「我就知道妳絕對也是喜歡我的，我是不可能弄錯的。沈淵可是說了，我的直覺向來都是準的，果然沒有錯！」

孔昭心中的怨懟突然一滯。「我是在拒絕你，你到底聽出了些什麼？」

「蘭因絮果啊！」盧紹成對著孔昭笑了，笑容燦爛。「妳都想到成婚這件事情了，難道不是我們之間有感情嗎？當然，我們肯定不可能會蘭因絮果的，妳這麼好，我這麼好，我們會恩愛永遠、白頭偕老。」

孔昭的心中像是被梗住了一樣，氣得乾脆動手敲了一下盧紹成的頭。「你這麼不會抓重點，到底是怎麼考試的。」

盧紹成縮了縮腦袋，帶著點委屈地說道：「以往都是沈淵和阿清幫我抓重點啊，後來不是還加上了妳嗎？」自從他們認識以後，幾乎都是六個人一起溫書，難道阿昭忘記了嗎？

孔昭一時之間真是不知道該說些什麼，她氣得推了盧紹成一把，可是沒有推得動。

「要不，妳再推一次？」盧紹成反應過來，而後小心翼翼地和孔昭說話。「妳再推一次，我一定往後退，真的。」

盧紹成的連番操作當真是讓孔昭目不暇給。她什麼情緒都沒有了，只剩下無奈。「阿成，你到底有沒有聽懂我剛才說的？」

盧紹成眨眨眼，看起來一派純真。「說我們一定會成婚？」

孔昭板著臉，就這樣看著盧紹成。

良久，盧紹成敗下陣來。「我其實並不在意孔家如何啊，人和人之間除了感情，就是利益了。所以，我是真的不在意孔家的作風，畢竟這些年來上門拜訪的那些將領們，也不全都是真的敬佩我祖父他們。這些，我其實看得很清楚的。」

外人總認為盧紹成是個背靠著明帝的紈袴子弟，哪怕他成績算是不錯，也不過是因為明帝逼著而已。說到底，雖然很多人都想要從盧紹成的身上獲取利益，但是真的看得起他的卻沒有幾個。

盧紹成將很多事情看得清清楚楚，人心也都是看得清清楚楚，只是他從來都不自苦，也不自困，活得飛揚自在。

「可是……」

「沒有可是。」盧紹成帶了些強勢。「即便我們沒有在一起，妳能夠保證以後我所娶之人一定是真心意愛我的嗎？難道兩家就真的不會有任何利益來往嗎？阿昭，有的時候，不必太過於計較。」

盧紹成將孔昭抱入懷中。「阿昭，妳說孔家和唐家沒有區別，但是其實是有的。因為孔家要臉、要面子，但是唐家不要，所以孔家不會過火的，而且有妳在，不是嗎？我相信，阿昭不論如何變化，本性總是變不了的，妳就是妳，不是嗎？再說，妳難道不相信皇帝叔叔的英明嗎？他怎麼可能因為我就對朝政不管不顧呢？他也許會有偏頗，卻不會有損大魏。」

孔昭沈默不語。

第五十五章

盧紹成繼續說道：「阿昭，我是當真想要和妳永遠在一起的。妳若是真對我無意，我也就死心了，可是明明妳也在乎我，不要一直推開我，我真的很難過，真的。」

孔昭依舊沈默不語，只是良久後，她伸手回抱了盧紹成。

「阿昭，所以妳是同意了，對嗎？」盧紹成鬆開孔昭，雙眼直視著她。

孔昭抬眼，望進了他滿是歡喜的眼中，也不由得笑了。「若是將來有何變故，我可是不承擔後果的。」

「不用妳擔，我來擔、我來擔！」盧紹成高興不已。「我什麼都擔，什麼都擔！」他就知道阿昭是喜歡他的，什麼求而不得，全都是在放屁，他這是求而必得。

哈哈！盧紹成越笑越大聲，越笑越像是個傻子。本來俊朗的面容，現在全都不能看了，這就是個傻子啊！

可是，孔昭嘴角的弧度卻沒有消失半分。

所以，她其實可以自私一點，可以多為自己著想一點。什麼孔家的繁榮，什麼孔家的未來，她都可以不管，她只需要想著她的阿成。

「阿成。」孔昭上前一步，抱住了盧紹成，閉上的眼底是少見的脆弱，她今年不過才十六歲而已，她沒有那麼堅強的。

「阿昭、阿昭……」盧紹成也抱住孔昭，一聲聲喊著她的名字，像是要把以前在心中喊的那些全都喊出來一樣。

盧紹成這一把定乾坤的本事，實在是教大家都瞪大了雙眼，尤其是秦冉和方雨珍，都不知道事情居然會這樣發展。

說起來事情幸好沒有鬧大，除了兩家人，那是誰也不知道。孔家雖然驚訝不已，但是能夠和盧家聯姻，也沒有什麼不好。於是兩家有了默契，等到賞花宴過後就上門提親。

自然，這賞花宴也就有了盧紹成一張帖子。

賞花宴後第二天，盧祖母和盧夫人就親自上門提親了，反正兩家都有默契，也就不必什麼中間人試探了。她們老早就等著自家孩子開竅，拐一個媳婦回家。盧家實在是安靜得太久了，多一個人也是好的。

再加上盧紹成總覺得不安心，於是她們第二天就上門提親了。

孔家家主自然是高興不已，盧家這般急切的樣子，自然是認定了他的女兒。如此甚好，如此甚好，也沒有矜持，就這麼同意了訂親事宜。

等到六人再一次在鴻禧樓會面的時候，已經有四人訂親了。於是，只剩下唐文清和方雨珍還沒有訂親。

方雨珍噘嘴。「哼，阿冉和沈淵比我們快就罷了，怎麼阿昭和阿成也比我們快啊！」

孔昭但笑不語，盧紹成就只會傻笑了。自從他們訂親，他最多的就是在傻笑。

沈淵和唐文清同時別開眼神。無他，實在是令人看不下去啊。

「哼！」方雨珍帶了點小小的不服氣。「不行，我今日要點一份如意圓，如意如意，說不定我真的就如意了呢！」

秦冉不由得笑了。「哪裡就這般容易啦！」

方雨珍反駁道：「誰知道呢？寧可信其有，不可信其無嘛。」

秦冉眨眨眼，說道：「可是，似乎去廟裡燒香拜佛會更靠譜些。」

方雨珍雙眼一亮。「有道理啊！」於是她轉過頭看著唐文清。「阿清，我們明日就去相國寺燒香拜佛，我們有誠意些，一定能成的。」

孔昭無奈地瞪了方雨珍一眼。「胡鬧，若是燒香拜佛就能夠有用的話，那這世間之人又何必努力呢？而且，妳有這麼恨嫁嗎？」她真的是操碎心了，女子還是要矜持些才是。

方雨珍卻是不服氣。「我的確是恨嫁啊，我恨不得明日就嫁給阿清呢！這樣我們就可以一直在一起啦。」

她的話教其他四人都笑開了，而唐文清看著方雨珍的眼神卻是越發地溫柔如水起來。

他十幾年來第一次這樣讓人在意，第一次這樣讓人放在心上，這樣的感覺實在是太美好了，若不是還有他人，他怕要以為自己是在夢中了。

笑過後，盧紹成看著唐文清。「阿清，你可想好了，要如何才能夠脫離唐家嗎？」

說到唐家，唐文清臉上的溫柔就收斂了。「我父親重視利益，嫡母重視她和唐文海的利益。我父親最大的缺點就是迷信道士所言，當初就是不知道從哪裡來的一個野道士，說我生母的命格不好，於是他便棄了我生母。」

唐文清生得像他生母衛氏，那是一個溫柔如水的女人，若不是家中變故，也不會給唐父做了妾室。她是平民出身，不懂那些後宅爭鬥，若不是靠著美貌教唐父垂憐的話，早就被吃了。

可也正是因為衛氏的美貌才招來了唐夫人的怨恨，等到她因為野道士的話被拋棄以後，就落到了唐夫人的手裡。後宅之中折磨人的手段無數，衛氏太過於溫柔，沒有護好自己的能力，很快就香消玉殞了。

至於唐文清，若不是他是個男子，住所不在後宅的話，怕也是不會有什麼好結果。畢竟當年他還小，根本沒有什麼反抗能力。

見唐文清提到當年往事，面上的表情冷漠，方雨珍心疼壞了。她知道的，他一直都對自己當年無法保護生母而耿耿於懷。

方雨珍伸手握住了唐文清的手，十指交握，像是要給他力量一樣。

唐文清對著方雨珍笑了笑。其實他已經沒有以前的那些戾氣了，只是仍舊心中不平而已。

他繼續說道：「至於唐夫人，她愛錢，瘋狂地愛錢，大約是因為娘家敗落了，我父親也不是如何愛重她，兒子看起來也不怎麼成器，所以她瘋狂斂財。從她手上過的，就算是蚊子，也要過一遍才行。」

就是因為這樣，他早年的時候過得還不如平民百姓家的孩子，至少平民百姓家的孩子不會總是餓著肚子，也不會冷得渾身發抖。要不是他後來讀書的天賦教唐父看在眼裡的話，誰知道會成什麼樣子？

孔昭沈吟了片刻。「如此說來，其實他們兩人倒算是好解決。」畢竟有缺點的人才更好掌控，若是無欲無求的話，才是麻煩。「你父親那裡，當年既然可以相信那個野道士的話，那麼也可以相信相國寺明理大師的話。只要說你們兩人八字天生相剋，你會讓他的前程不順，只有將你過繼給唐家宗族的其他人才可化解，那麼他應當是會做的。」

既然唐父這樣愛惜自己，那麼即便是唐文清的天賦再好，他也不會願意留下唐文清來讓自己受傷。畢竟，他的本質就是個自私的人，否則也不會因為野道士的一、兩句話就拋棄了唐文清的生母。

唐文清卻是微微皺眉。「相國寺的明理大師可是魏朝有名的高僧，我如何請得動他做這種事情？而且，不是說出家人不打誑語嗎？」

「出家人的確是不打誑語，但是救人一命勝造七級浮屠啊！」盧紹成對著唐文清擠擠眼。「明理大師其實當年出身盧家軍，我可以說服他。」

「什麼？明理大師當年出身盧家軍？」除了孔昭，其餘四人都很驚訝。

明理大師乃是相國寺的高僧，對於佛法的參悟很是通透，而且他這個高僧不是被捧起來的高僧，是自己苦修出來的。這樣的高僧，才教魏朝上下敬重不已。

畢竟魏朝對於佛、道兩家的態度都是一般，想要出家了就不要上稅，也是不可能的。就因為這一點，佛、道兩家都沒有辦法遍地開花，卻也因為如此，很多僧人、道士都是真的有信仰才會出家。

「對啊。」盧紹成點點頭。「不過你們要保密啊！」

「如此倒是解決一人了。」孔昭笑了笑。「至於唐夫人也好解決，只要我們拿了錢，叫唐家族老暗自傳消息給她，那麼她一定會鼓動唐老爺將你過繼出去的。何況你離開了唐家，那麼唐家就屬於唐文海了，她不會不同意的。」

盧紹成點頭。「阿昭說得對。阿清，你們唐家遠房之前不是有一個考進去嶽山書院的族叔嗎？聽你說他身子弱，淋了一場雨，得了風寒沒撐過去就過世了。我後來去打聽了，他的父親如今孤身一人，覺得兒子無人祭拜實在是可憐，正想要過繼一個孩子。我覺得雖然他想要一個可以養得熟的小孩子，但應該更想要一個和他的兒子相像的孩子，而你再合適不過了，我已讓人去試探了一下，他顯然對你很滿意。」

唐文清驚訝地看著盧紹成。「你何時如此厲害？」

「嘻，」盧紹成驕傲不已。「這都是阿昭教我的啊！哎呀，我是真的覺得這個現成的爺爺很不錯啊，而且以後阿雨嫁過去，後宅還沒有婆婆壓在頭上，多好。」

孔昭都是為了方雨珍著想，雖然嘴上說這種事情不要隨意插手比較好，私底下卻還是打算了許多。

這是她能夠想出來的最好辦法了，若是直接脫離唐家，難免遭人非議，將來對唐文清的前途也有影響。可若是生父為了自己不被妨礙，就把兒子過繼出去，那麼以後大家說嘴的也是唐父，不是唐文清。

唐文清猶疑。「可是……」

「可是什麼呀！」盧紹成忍不住了。「你難道對你那個生父有感情嗎？」

唐文清冷笑一聲。「並沒有。」他只是放不下生母的死而已，什麼野道士，就那麼喜歡說別人後宅的事情嗎？他知道這應該是唐夫人的手段，就是因為這樣，他之前才會一直想要拖著他們下水，教他們也嚐嚐深陷泥沼的滋味。

可是現在他有了方雨珍，不能再和他們糾纏了，於是才生出離開的想法。但是，他仍舊不想要唐家好過。

沈淵淡淡地說了一句。「唐家多行不義，你離開後，他們未必會過得好。當你站得足夠高，就會發現，那些人自己就會過得不好了。你若是非要和那些人硬扛著，反而受罪的人是你和你在乎的人。」

唐文清看了一眼身旁的方雨珍，笑了。他不應該執著於讓自己和那些人一起在泥沼之中污濁不堪，他有阿雨，他的未來是不一樣的；而且方家願意接納他，甚至還誇讚他。

阿雨的兄長們那般疼愛她，他還以為他們會來警告自己，但是他們沒有，反而對他很是真摯熱情。唐文清最無法抵抗的就是他人的真心了，因為他少時得到的，實在是太少了。

若是他將來和阿雨成婚了，那麼他們也是他的家人了。家人的關懷，一直都是唐文清想要的。

如此一想，唐文清深吸一口氣。「好，就按照大家說得辦吧！」他不能教阿雨和自己一起受苦。「多謝大家了，今日這一餐就由我來作東吧！」

盧紹成笑了。「那我可要多吃點，不然感覺有點吃虧啊。」

「能吃多少吃多少。」唐文清挑眉。「小心肚子吃撐了。」他不是當年悽苦的唐家庶子了，這些年來也不是在單純讀書，不過是一頓飯而已，他請得起。

其他人也笑鬧著說要多多點菜，包括方雨珍。

孔昭笑了。「妳就不怕把自己的聘禮給吃光了？」自從她徹底打開心結以後，倒是比以前更愛說笑了些。

「不怕。」方雨珍拉著唐文清的手。「阿清這麼厲害，才不會讓我吃光了聘禮，對嗎？」

唐文清只能點頭。「是的，不會。」

他的耳根子微微發燙。他知道孔昭說笑的重點在聘禮，只是阿雨卻好像只在意吃光？好吧，這才是阿雨的性子。

自此以後，他再不是一個人了，有人相伴而行，就此一生，再不相離。

第五十六章

一日，唐父上相國寺燒香，而後被明理大師說有緣，給了幾句批言。據說唐父的前程原本一片光明，可是次子命格有礙他的前程。與此同時，被買通的唐家族老上門，用銀子賄賂了唐夫人，想要過繼唐文清作為繼孫，因為他和兒子一樣是嶽山書院的學生。

唐父和唐夫人心懷鬼胎，卻有了同一個目標，於是將唐文清過繼這件事情很快就拍板決定了。唐父覺得，就算是唐文清過繼出去又如何，自己依舊是他的父親，將來有差遣，他也不能夠不答應；而且過繼出去，名分上就不是父子了，他的前途就會一片光明。

而唐夫人不管是基於族老給的銀子還是唐家的家產，她都是想要唐文清出去的。她這些年一直想要弄死他，可是他畢竟不在後宅，自己鞭長莫及；兒子又憨厚，總是鬥不過那個賤種。

眼看著賤種讀書越來越好，若是以後分走了家產的話，她可是會心痛死的。現在既然有好機會把唐文清踢出去，那是再好不過的事情了。

只是唐文清卻是不能夠同意的，他甚至跪在唐父的書房門口求情。只是任憑他怎麼跪，唐父決定了的事情卻是無法改變。

夜風寒冷，唐文清回了自己的院子以後就生病了。

唐父怕唐文清就此病死了，若是這樣，在名分上他一直都會是他的父親，前途就無望了啊！於是他趕緊讓族叔來把唐文清接走，還將族譜給改了，為的就是讓這件事情蓋棺論定。只有落實了以後，唐文清才不能繼續拖累自己。至於他離開了唐家以後會不會病死，那就和自己無關了，只能夠說明他沒有福分。

唐父將兒子過繼出去的事情簡直是讓外人大開眼界，哪裡有把這樣好的兒子過繼出去的道理，唐文清可是嶽山書院乾字院的第二名，未來一片坦途，這樣的好兒子，將來是可以光宗耀祖的，居然就過繼出去了？

等到眾人聽說是唐文清的八字不利於唐父的前程以後，都是鄙視不已。唐父這把年歲了，還只是一個五品小官，明顯升不上去了，唐文清如此人才，將來定然能夠撐起唐家，結果就這樣不要了？

聽說唐文清被趕出去的時候，還得了風寒呢，也是因為求情，跪了一整晚。這當爹的也太心狠了些，唐文清倒是有情有義。

也有眼光不錯的人認為這是唐文清的轉折，他離開了唐家，雖然沒有什麼資源，可是唐家本來就不如何。嶽山書院出來的學生都有幾分香火情，再加上唐文清和沈淵、盧紹成的關係那般好，將來到底是誰前途更好，還未可知呢！

方雨珍見過了唐家族叔以後，就跑到了唐文清房中，看他手裡還端著藥碗，眼眶頓時就紅了。

唐文清沒有想到方雨珍會闖進來，見著她眼眶紅了，頓時就慌了。他趕忙放下了藥碗，準備下床。

「你別動！」方雨珍一個箭步上前，到了他的床前。她握住他的手，聲音哽咽。「不是說好了作戲而已嗎？你怎麼把自己弄得得了風寒？」要不是爹娘、兄長們都說她會破壞他的苦心，她剛聽到這個消息的時候就準備來看阿清了。

唐文清笑著安慰方雨珍。「不過是小小風寒而已，無事的。」

「怎麼可能無事啊！」方雨珍氣恨地瞪了唐文清一眼。「你知道不知道，這風寒一個不小心也是會死……呸呸呸，我亂說些什麼呢！」

唐文清頓時笑了，伸手將方雨珍擁入懷中。「阿雨，妳放心，我是當真無事，只不過是不想面對他，所以才讓自己得了小病。我是『昏迷著』被抬出唐家大門的，將來即便是他們求，我也不會再踏入唐家了。」

其實當時他的心情很是複雜，不知道為何，似乎內心深處還是有一絲絲的期盼，或許，他還期盼那人能夠有一絲父愛。

可惜了，對於唐父而言，終究還是自己更為重要。

被抬出唐家的那一刻，唐文清是真的死心了。其實他早就應該看明白的，那個地方根本就不是他的家，那裡的人也不是他的家人，只是，他終究也只是一個俗人而已，心中難免有一絲絲的期盼。

從今以後，他和唐家的一切恩情就此斬斷了，畢竟，他可是祖父花錢從唐家「買來的」啊！

「阿清，」方雨珍伸手抱住了他。「你還有我，還有我的家人們，還有大家，我們都是你的家人。」她心疼他啊，越了解他就越心疼。

雖然阿清總是嘴上說得狠，可是對於唐父不是沒有感情的。他那麼期盼家人的關懷，可是唐家卻沒有給他一絲一毫。想到這裡，她就心疼得厲害。阿冉說得對，不是所有生下孩子的人都可以被稱為父母的。

唐文清笑了。「好，以後我有你們，對了，還有祖父。這些日子以來，他對我很是照顧，而且為我把脈看病的就是妳兄長，我真的無礙。」其實他應該滿足的，畢竟有的人一無所有，而他擁有的已經足夠多了。

「對啊，你有這麼多家人呢。啊，我差點忘了。」方雨珍突然放開唐文清，離開他的懷抱，伸手給他把脈。「我要看看你到底好了沒有。」

唐文清笑著由她去。「好，妳看就是。」

片刻後，方雨珍點頭。「風寒好得差不多了，再吃幾帖藥穩固一下就行，我來寫方子，你到時候要記得喝。」說著，她俐落地站了起來，毫不客氣地找出了房中的紙筆開始寫起來。

「我能瞧瞧嗎？」看著方雨珍那個認真的樣子，唐文清心中軟了下來。他的阿雨可真是掛心自己呢。

「可以啊。」方雨珍將藥方子放在了唐文清的手中。「喏，看吧。」

唐文清看清了藥方上寫的藥材，眼角狠狠地一抽。這個藥方和方家兄長寫得出入並不大，唯一的區別就是上面多了許多黃連，這個劑量，大約會把人苦得味覺都沒了吧！

「這……」

「怎麼樣？」方雨珍挑眉看著唐文清。「我的藥方是不是寫得非常好呢？」

是的，她就是故意要放那麼多黃連，雖然她心疼阿清沒有錯，但也記著他居然膽敢把自己搞病了。

一定要給他一個教訓才行，不然以後就要翻天了。這是娘親說的，她說她也是這樣對付爹爹的。哼，娘親說得肯定沒有錯。

唐文清苦笑。「是，非常好，再好不過了。」便是故意的，他也只能夠認了，不是嗎？誰讓這是他的阿雨給的呢？

方雨珍這才笑了，眼眶還帶著淚光，猶如雨後的嬌花，教人心折。

八月十六是秦冉的十五歲生辰，也是她的及笄禮。秦家上下早在一個月之前就開始準備了，行笈禮者本想要請孔昭，畢竟她和秦冉關係好，姊妹情深。

只是長公主傳信給秦婉，而後秦婉回家，說長公主想要做秦冉的笈禮者，秦家自然是歡喜不已。

只是秦冉心中奇怪，明明她和長公主無甚關係也不認識，為什麼要做她的笈禮者呢？而後秦婉才小聲告知了緣由，長公主說皇上覺得當日蠻族無禮，雖是維護了她，卻還是有所歉疚。

畢竟蠻族三王子和小公主兩人是項莊舞劍、意在沛公，總歸是連累了她。長公主上門做秦冉的笈禮者，既是榮耀，也是賠禮。有長公主作為秦冉的笈禮者，自然再無人能夠對她的品行說嘴。

秦家上下自然都是感激不已。本就不是皇家的錯誤，還是做出了補償，他們怎麼會不感激呢？

秦冉也是知道的，自從聖壽宴後，有那麼些人認為那事錯誤在她的身上，認為若不是她行為不慎，是不會被蠻族的三王子看上的。哪怕他們心中知道是蠻族想要找事，可因為他們對於女人的偏見根深蒂固，根本無法移除。

但是秦冉從未在乎過這些閒言碎語，這本就不是什麼值得上心的事，她的時間是很寶貴的，不值得為那些奇奇怪怪的事浪費。因為她有爹娘、兄長、阿姊的支持，有沈淵的陪伴，有朋友的開導，因此那些閒言碎語根本就傷害不到她。

秦冉只是看起來柔軟而已，她的心在面對自己不在乎的東西時，是很堅強的。不過明帝和長公主的心意，還有皇后娘娘送來的禮物，倒是讓她暖心不已。她就說了，世間美好之事許多，不必眼中淨看那些污濁之物。

及笄禮的前三日戒賓，一日宿賓，秦冉自然不能夠見到沈淵，只是沈淵卻是派人送來了一支髮簪，雖然未有隻字片語，但是她明白，這是他想要她在及笄禮戴上的意思。

那支髮簪通體由紅玉製成，金絲線纏繞，甚是美麗。在日光下看的時候，光彩耀目。秦冉見了髮簪，嘴角便一直微微上揚，似乎怎麼都落下不來一樣。

因為這支髮簪看上去很像是一棵大樹，就是他們初次相見的那棵樹。在那棵樹下，他們相遇了。

秦家人以為秦冉是因為這是沈淵送的，才如此高興，而且她向來喜歡紅玉，也有旁的紅玉首飾，自然是喜歡的。他們不知道的是，秦冉高興的是沈淵這份心意，再名貴的東西，都比不上他對她的心意。

八月十六，秦家的賓客們都到齊了。

迎賓、就位、開禮，笈禮者就位，秦冉從後頭走出來，面向南方，對著前來觀禮的賓客們行禮。而後向東正坐，長公主走到她的面前，朗聲說道：「令月吉日，始加元服。棄爾幼志，順爾成德。壽考惟祺，介爾景福。」

而後長公主跪坐在秦冉的面前，為她梳頭加笄。長公主看到那支紅玉簪子，不由得笑了笑，為她戴了上去。

此後便是秦冉回到房內，換上和頭上髮笄相配套的素衣，再出來一拜，拜謝父母養育之恩。而二加，長公主為秦冉換上髮釵，再去更換一套深衣。接著二拜，拜謝師長的教導之恩。至於三加，換上釵冠，再換上長袖禮服。最後三拜，叩拜天地君親。

秦岩和柳氏的眼底含著淚花，當年那個差點失去的阿冉，這便長大成人了。

秦岩看著一旁的謝如初，說道：「山長，這些年有賴您教導小女，今日取字，便由您來吧！」

謝如初笑著說道：「既然如此，那麼我便不推辭了。冉字為好，令字也為好，老夫便為妳取一個令字。人生總是有許多無奈，需要用平和的心態面對，便再取一個和字。令和，但願妳從今以後，能夠過得安好平和。」

他這一生經歷了許許多多的風雨，對他而言，什麼高官厚祿、錦繡前程，都比不過安好平和。謝如初並不在意學生爭取他們想要過的人生方式，卻還是希望他們能夠過得好。

秦冉叩拜謝如初。「令和多謝山長。」而後她跪在父母面前，聽取聆訓。

秦岩和柳氏同時說道：「不求我兒高官厚祿、錦繡前程，但求一生行事無愧於心，安好平和。」

這是他們差點失去的孩子，對於她，他們的要求從來就不多。她想做什麼，他們就支持；她不想做什麼，他們也支持。甚至什麼賢妻良母，他們也不要求，反正不管如何，他們永遠都是她的後盾。

秦冉眨眨眼，控制不教自己掉眼淚。「兒，謹遵爹娘聆訓。」

前來觀禮的賓客們都是微微詫異。他們還真沒有見過這樣沒有要求的父母呢，但不可否認的是，他們都是有些羨慕的，當年他們聽聆訓的時候，可不是這樣。

聽完父母聆訓，秦冉起身，對前來觀禮的賓客們行禮致謝。她抬眼便見著人群中的沈淵對著自己笑，眼底也不由得帶了笑意。而她髮間的紅玉髮簪似乎也在光線之下微微閃耀，就像她一樣。

至此，禮成。

沈淵看著他的小阿冉站在那裡，身著禮服，對著自己巧笑嫣然。他的眼底滿是驚豔，他的小阿冉長大了，他可以將她娶回家了。

站在秦岩後面的秦睿卻是惡狠狠地瞪了沈淵一眼。不要以為他不知道那個眼神是什麼意思，呵，想要將他的小妹就這般容易地拐跑了，想也不要想，沒有可能的！

沈淵笑而不語。

第五十七章

時間匆匆而過，立秋悄悄降臨了。只是蟬鳴仍舊不停，白日裡的熱意也沒有半點減少的意思，秋天不秋天的，倒是無甚差別了。

八月底，正是嶽山書院的新生入學時刻，於是，山腳下便又是一番熱鬧了。

從今年的名單看來，世家大族的孩子倒是不像往年那麼多，出身平民家的孩子反而不少。明帝對此很是滿意，雖說不討厭世家，也沒有想要打壓世家的意思，但是治理天下，終究不能夠太過於依賴他們。

所以，他對這樣的局面自然是樂見其成，這樣說明了當年長公主一力要求必須在民間辦私塾是正確的。

高興過後，明帝又投入了桌子上那一堆的朝廷政務。蠻族草原那邊已經有人搭上大貴族們了，東先生隱匿其中，這後續的運作可以繼續了。他就不相信，這軟刀子，還能夠不教蠻族低頭。

九月開學，柳氏在幫著秦冉收拾去書院要帶的東西，心中是滿滿的不捨，甚至眼底還帶了盈盈淚光。

秦冉回頭瞧見柳氏這個樣子，不由得上前勾住了她的手臂。她跟柳氏撒嬌，聲音又軟又甜。「娘親，我只是去上學而已，又不是不回來了，怎麼這般捨不得我啊？」

柳氏卻是微微嘆氣，伸手拍了拍秦冉的手，說道：「妳只是去讀書，休沐日會回來，娘親是知道的。可是啊，妳很快便要嫁出去了，往後在家的日子就少了，娘親如何能捨得呢？」

秦冉笑了。「娘親，我離成婚的日子還早著呢，哪裡就要離開家了？」

「早？不早了。」柳氏笑著搖頭。「沈家都上門商量能否早些成婚，不為別的，就想著妳和淵兒一起，能夠相互督促勤學。」

阿冉也不知道到底是怎麼了，旁人給她補習，總是成果不佳，但若是淵兒親自來的話，成績必定上漲。他們為人父母，哪怕是捨不得孩子，卻不能耽誤了她的成績。

他們的確是不盼著阿冉如何為家中爭奪榮光，心中卻是明白，阿冉對待學習很慎重認真，所以，秦岩和柳氏就這般被張氏說動了。

為人父母，不就是想著孩子能夠過得好嗎？

「啊？」秦冉愣了。「早些成婚？早到什麼時候啊？」她不是不喜歡沈淵，只是想到成婚這件事情，卻還是不由得有點退縮。因為這和戀愛很不一樣，代表著她要走進新的人生，要重新適應另一個家庭。

這樣一想，她就不由得想要退縮了，因為未來的不確定實在是太多了。

柳氏說道：「來年初春，暖和了以後就可以辦婚禮了。」

兩家商量了許久，又看了適合嫁娶的好日了，覺得還是來年初春最適合；再說，成親可不是什麼小事，總是要有時間好好籌謀才是。

秦冉鬆了一口氣。「還好，還有大半年呢。」她還以為立時就要成親嫁人了，嚇了一大跳。

柳氏見此倒是笑開了。「怎麼，阿冉不喜歡淵兒，不想要嫁給他了？」

「娘親！」秦冉不依了。「不是，我只是捨不得爹娘，還有兄長和阿姊啊。」

「好好好，娘親知道。」柳氏拍了拍秦冉的手。「來，一起收拾東西，明日就要去書院了。」

「嗯。」秦冉點頭，心思卻不由得有些分散了。

成婚嗎？會不會太快了些啊？

次日清晨，秦家的馬車到了嶽山山腳下。秦冉揹著書包，一手拿著一個包袱下車了。雖然書院離家中不遠，休沐日也能夠回家，而且書院的雜役還能夠代買許多東西，但是柳氏就是擔心她缺了什麼有所不適，要她帶了好多東西。

秦冉不由得嘆氣。果然啊，不管古今，當娘的都是一樣的。

「阿冉。」沈淵走了過來，接過了秦冉手上的東西，也拿下來她的書包揹在了自己的身上。「走吧，我們上山。」

他早些到了山腳下等著，知道秦冉一定會帶著許多東西。沈淵本是想要去秦家等她，可是這次他還要顧著弟弟沈淇，是以很早就到了。等到幫沈淇把東西都搬上山以後，這才下山來等她。

秦冉點點頭。「好，我們一起上山。」她跟在沈淵身邊，不由得看了他一眼，片刻後，又看了他一眼。

沈淵如何會感覺不到？「阿冉如何這樣一直看著我？難道是忘了我的長相，想要多看幾眼？其實，妳可以一直看著的……」不必偷看，這四個字還是教沈淵吞了下去。

他若是說了的話，阿冉怕就要生氣了。雖然她很好哄，氣嘟嘟的時候也很可愛，可惜現在不是只有他們兩人，否則倒是無妨。

「我娘說你家上門商量了婚期。」

沈淵點頭。「確實如此。」

秦冉說道：「是你吧？」要不是他在背後使力的話，沈家應該不可能上門商量婚期。之前爹娘就說過了，要到她十七歲才會考慮成婚一事。魏朝不是前朝，並不強求女子在幾歲成婚，所以成婚是看兩家的意思。

她昨晚想來想去，還是覺得這裡面有沈淵的作用。哼，她早就看透他了，腹黑得很。

沈淵挑眉笑了。「確實如此。」

的確是他在背後鼓動張氏的，他實在是等不及想要將他的小阿冉帶回家了。其實來年初春的婚期都教他有些等不及了，若不是知道過猶不及，他還想縮短時間。「誰讓我就是想要阿冉早些和我在一起呢。」

秦冉小聲嘟囔。「哼，狡猾。」可是，眉梢眼角卻滿是笑意。

沈淵說道：「對了，我準備在明年提前結業，之後參加秋闈。」

「明年？」秦冉驚訝不已。「你真的決定好是明年嗎？」在嶽山書院，只要能夠通過每個夫子的考驗，也教山長覺得滿意，就可以提前結業。

其實在嶽山書院，提前結業的人實在是不少。因為能夠在嶽山書院出頭的都是天資聰穎之人，提前結業這樣的事情，自然不是什麼難事。

沈淵點頭。「是的，我已然準備好了。」

「其實也好，這樣你就不必在書院中浪費時間了，能夠更早地開始實現自己的想法。」秦冉說是這樣說，卻是不由自主地咬著自己的下嘴唇。

她還是有些失落，若是沈淵在明年結業的話，那麼他們就不能常常見面了。即便成親了，但是按照嶽山書院的規矩，她是必須住在書院的。

休沐之時如何，書院是不管的，但是只要進了書院，就必須按照書院的規矩來。想到日後見到沈淵的機會變少，她就不由自主地失落。

看著秦冉垂眸低落，卻強裝著無事的樣子，沈淵不由得將人抱入懷中。「所以啊，接下來要辛苦我的小阿冉了。」

「嗯？」秦冉疑惑不已。「你提前結業，為何是我辛苦啊？」她微微抬頭看著沈淵，眨了眨眼。

「因為，」沈淵低頭，輕吻了一下秦冉的唇角。「因為妳也要和我一樣提前結業，是以妳自然要辛苦些。」

「什麼？」秦冉瞪大了雙眼。「我什麼時候說我要提前結業了？」

「因為我捨不得有那般多的時間瞧不見我的小阿冉啊。」沈淵的聲音帶著無限的溫柔，彷彿能將人溺在其中。「所以只能夠辛苦我的小阿冉努力努力，也跟著提前結業啊！」

秦冉搖頭。「不行的，我才讀了五年呢，我真的達不到結業的要求啊！」她以前一直以為自己要到二十歲，嶽山書院不願意要她了才會結業。現在倒是有些信心了，不過是和大家一樣，在十八歲或十九歲的時候結業。

像沈淵說得這樣，在十五歲的時候提前結業，她做不到呀。

「阿冉莫怕，我會幫妳的。」沈淵吻了吻秦冉的眉心。「難道妳捨得在我們明年成婚後，還要兩地分隔四年之久嗎？」

「最多三年吧，」秦冉眨眨眼。「我明年就十六了啊。」

沈淵一時之間竟然不知道該說些什麼，重點難道是這個嗎？

「提前結業，我是真的不行。」秦冉皺著一張臉，瞧著可憐極了。「我沒有那麼厲害，能夠順利畢業都已經很了不起了。」

沈淵卻是溫柔地反駁道：「不是的，阿冉，妳小瞧自己了。在我的眼中，妳是很有天賦的，只是不得其法而已。但是現在有我在，我會幫妳的。」

秦冉還是遲疑。「可是……」

「阿冉。」沈淵雙手捧著秦冉的臉，雙眼望進了她的眼中。「既然如此，我明年結業，妳往後延一年，可好？我們慢慢來，如何？」

秦冉咬著唇。多了一年，好像也不是不能夠接受？可是，提前結業什麼的，真的很有難度。

「阿冉，相信妳，也相信我。」沈淵的聲音越發地溫柔。「難道，阿冉還不相信我嗎？」

「我當然相信你啊。」秦冉嘟著嘴。「我只是不相信自己而已，我好笨的。」

沈淵笑著為秦冉理了理鬢髮。「妳知道嶽山書院一般而言有多少個學生嗎？」

「差不多六百左右。」秦冉點頭。「一般不會有太大變化。」每當新學生入學後，很快就會有學生結業。為了保持資源能夠充分分配，所以嶽山書院從來不會收過多的學生，哪怕書院占據了一整座山，依舊不願意多招收一些學生。

沈淵繼續說道：「那妳知道整個魏朝每年有多少人想要考上嶽山書院嗎？」

秦冉搖頭。「太多了，我數不過來。」

沈淵說道：「這就對了，妳在這數不清的考生之中脫穎而出，進入嶽山書院，哪裡有什麼笨的？妳只是學習不得法而已，但是有我在，我會幫妳的。阿冉，妳要對自己有信心，妳一定可以的。」

「我……」秦冉想說，自己當初考進來真的是天掉餡餅，不是靠著自己的實力，但是瞧著沈淵眼底的溫柔和堅定，她就說不出口了。

良久，她說道：「要不然，我試試，好嗎？」

「好。」沈淵再次將人擁入懷中。「我就知道我的小阿冉不會讓我失望的。」

感受著沈淵的溫度和氣息，秦冉的雙頰不由得微微紅了。為了沈淵，她一定會好好努力的，而且要是她真的能夠提前結業，爹娘、兄姊也會高興，也會為自己自豪的吧？

這樣一想，好像還挺划算的。

擁著秦冉，沈淵笑了。他的小阿冉就是這般可愛，太好哄了，他本就是打算讓秦冉晚自己一年結業，只是為了讓她接受自己的說法，所以才說是明年，而後又多加了一年。

有的時候，只要退了一步，有些人就會覺得事情好像是可以接受的了。

沈淵唇角的笑意加深。他的小阿冉就是這樣可愛的人，又乖又甜，真的是太可愛了。

秦冉的心裡燃燒著熊熊鬥志，可不知道自己被沈淵算計了一把。要是知道的話，依著她個性，似乎知道了也沒有什麼，畢竟就像是沈淵說得一樣，她是很好哄的一個人。

「沈淵也要提前結業啊？」寢舍中，方雨珍瞧著秦冉，面帶驚訝。

「也？」秦冉眨眨眼。「還有誰啊？」

方雨珍眨巴著眼睛。「阿清也說他要在明年結業啊！」

「還有我和阿成。」孔昭笑笑。「皇上巴不得阿成早點入朝幫他呢，所以就說動了他提前結業。」

秦冉吃驚地看著她們。「所以現在，只有我和阿雨不在明年畢業嗎？」怎麼回事，怎麼大家都說要在明年結業啊？

方雨珍笑了。「其實我也準備在明年結業，所以接下來這一年，不能再這麼不盡心了。」

秦冉整個人都驚呆了，為什麼連阿雨也要提前啊？

「阿冉，妳呢？」孔昭抬眼看著秦冉，笑了。「妳有什麼打算嗎？」

「我？」秦冉愣了愣。「我也打算提前結業。」但是能不能在明年，就不一定了。

她的內心充滿了悲傷。為什麼自己的朋友們都是學霸，哦，還有一個學神未婚夫，混在其中、身為學渣的自己，好難啊嗚嗚嗚……

第五十八章

時光匆匆而過，轉眼又是一個期末了。嶽山書院裡又是一派的學習場面，又要期末考了，若是考得不好，這個年也別想過得好了。

秦冉正在奮筆疾書。她前段時間升到了地字班，功課也更難了些，要不是有沈淵在一旁相助的話，她覺得自己都快要立地升天了。

但是不可否認的是，秦冉這一年裡面學到了許多。

她像是慢慢開竅了一般，往日裡總是百思不得其解的題目開始找到規律了，還有總是頭疼不已的策論，也學會從自己擅長的地方開始破題，寫出來的策論偶爾還會讓山長過目，得來的總是誇獎。

若說秦家人一味偏袒的誇獎會教秦冉害羞，那麼沈淵的肯定和謝山長的認同，還有其他夫子們的稱讚，就是給了她信心。

以往的秦冉總是不如何有信心，遇事先行怯三分。現在，不說是脫胎換骨，卻和以往相差甚多了。

只是，有的科目開竅了，有的科目卻還是死活都不行，例如騎術，例如樂器，例如馭車。這些科目，秦冉就是在沈淵的幫助下進步了一點點，再想要開竅，怕是不能了。

不過秦冉也不強求，她能夠升到地字班已經足夠高興了，至於秦家人，那自然是歡喜無限。

「阿冉，冷嗎？」沈淵見著秦冉已然做完一題，伸手抓過了她的手握在手心中。「有些涼。」

秦冉迎上沈淵的眼神，瞧著他眼底的心疼，笑了。「哪裡涼了，是你的手熱。」不知道是不是郎君的火氣比較大，沈淵的手就是要比她的暖和，所以秦冉很多時候喜歡將手放在他的兩手中間暖著，例如現在。

沈淵攏著秦冉的雙手，搓了搓。「喝一點烏糯酒吧，暖一暖。」明明這自習室內有地暖，但是阿冉的手就是有些涼，教他心疼壞了。

「好。」秦冉點頭，雙手抽了出來，將一旁放著的烏糯酒拿來倒了一杯。她雙手捧著，一點一點地喝著，沒有半點喝酒的豪氣，也沒有尋常女子飲酒的雅致。

就像是一個小孩子喝著什麼好喝的香飲一樣，小口小口的。

沈淵見秦冉如此，眉眼之間染上了笑意。他的小阿冉，不管做什麼都是可愛的，真好，很快他就能夠將人娶回家了。

是的，時光流逝，沈家和秦家的親事開始辦起來了，黃道吉日也挑好了，就等著年後開春辦婚禮。

很快，他的小阿冉就要被他帶回家，以後再不能跑掉了。

秦冉喝完了一杯，抬眼就看見沈淵有些奇怪的眼神。「你怎麼啦？」不知道為什麼，總有一種古怪的感覺。可是她再一看，又不是，明明他的眼神還是如同往日一般無二的溫柔。

「瞧著我的小阿冉可愛啊。」沈淵微微傾身向前，吻了一下秦冉的雙唇。烏糯酒的味道也沾染到他的嘴上，於是，他揚唇笑了。

秦冉不由得有點臉紅，卻因為習慣了，不再像以前那樣羞怯，而是瞪了沈淵一眼。「做甚啦！」

「美色動人，」沈淵笑了，伸手將人抱起來放在腿上，抱在懷中。「不能自已。」

「哼！」秦冉伸手推了推沈淵。「該教那些崇拜你的人好好瞧瞧，哪裡來的登徒子。」

沈淵抬起了秦冉的下巴，在她的唇上一下一下地吻著。「面對我的小阿冉的時候，是永遠無法做一個正人君子的。」他從不認為和自己的小阿冉在一起的時候要做一個正人君子，那可不是夫妻之道。

何況相敬如賓不是他要的，他要的是和他的小阿冉恩愛纏綿。

秦這話雖是帶了些輕佻，可是說這話的人是沈淵，被他的氣息籠罩，被他的懷抱擁著，秦冉不但不覺得冒犯，反而開心不已。娘親可是和她說過的，若是夫君在面對自己娘子的時候一派正人君子，那以後過得也不會如何開懷的。

秦冉相信柳氏說的話，也覺得現在這個樣子很好。她很喜歡和沈淵親近，最是喜歡他身上的氣息了，每次被他抱在懷中的時候，總有一種從心底湧出來的安心。

只是她生性羞怯，總是忍不住臉紅而已。

瞧著秦冉低著頭，沈淵眼底的笑意加深，面上卻是不顯，他的聲音似乎帶了些失落。「難道，我的小阿冉不想要和我親近嗎？」說罷，他輕嘆了一聲。

「不是的。」秦冉抬起頭來，急了。「我……我沒有不想要的，我……」

「我知道，」沈淵摟著秦冉的腰，語氣變得有些低沈。「阿冉心善，是在哄我的，唉。」

「不，我……」秦冉是真的急了，抬頭吻上沈淵的雙唇，片刻後才離開。「我沒有不想和你親近，真的。」

沈淵登時就笑了，眼底的笑意再也控制不住。「我知道，我的小阿冉非常喜歡和我親近，對嗎？」

秦冉這才發現，自己再一次被他給騙了。她嘟著嘴，想要從沈淵的懷中出來。哼，又欺負她，這個人太壞了，根本就不是什麼好人嘛！討厭，大壞蛋！

沈淵卻是沒有放開的意思，將人抱得緊緊的。「好了，抱歉，是我不應當如此，莫生氣了，嗯？」

「我、我其實沒有生氣。」秦冉本就不是氣性人的人，讓沈淵這一哄，方才有的一點點小火氣也不見了。

沈淵輕笑了一聲，親了親秦冉的側臉。「我知道，阿冉最是心疼我，自然不會與我一般計較。」這麼好哄，也多虧遇見的人是自己，否則還不知道會如何受欺負呢。

所以，果然還是要自己帶回家才是最好的。

秦冉靠在沈淵懷中，眼底是滿滿的笑意。其實，她還是喜歡這樣的沈淵，因為這樣與眾不同的他，只有她才瞧得見。這樣的特別，就足夠她歡喜了，只是該生氣的還是要生氣，不能讓他覺得自己好欺負，這可是娘親說的。

認認真真聽從柳氏吩咐的秦冉全然忘記了一件事情，她總是很快就原諒了沈淵，根本達不到柳氏所說的意思。

接下來的日子，蠻族的消息時不時地傳來，但是對於魏朝百姓們而言，似乎不怎麼重要。不管是蠻族王和其他的草原大貴族打起來了，還是蠻族王的兒子們爭權奪利什麼的，對於百姓們而言，真的無關緊要，反正他們是關起門來自己打自己。

但是對於那些聰明人而言，卻是隱隱約約地感覺到了些什麼，這其中，定然是有連結的，不過只要是對魏朝有利，那麼便不必過多追究。

時間流逝得快，考試、寒假、過年、開春，就這麼一個個接著來了，而秦冉和沈淵的婚禮，也如期而至。

當初相國寺的明理大師按照他們兩人的生辰八字，給他們定下了一個宜婚嫁的好日子，二月初八。

這一日，天氣正好，掃去了前幾日的淡淡陰霾，教人心中歡喜。迎親隊伍按照吉時出門，到了秦家，只是，想要接走新娘子卻不是那麼容易，這秦家擺得簡直就是龍門陣，看著教人膽戰心驚。

文有秦睿、秦婉和孔昭，還有許多嶽山書院的人，武竟然有盧家的護衛。是的，雖然盧紹成給沈淵做儐相，但是他家的護衛卻都站在了秦家那一邊，不要問為什麼，因為孔昭要，他不敢不給。

於是，面對沈淵和唐文清的眼神，盧紹成默默地移開了目光。

咳，他真的不是故意的，只是阿昭的要求，他不敢不聽從，也捨不得不聽從。誰讓他就是喜歡她，沒辦法。

沈淵按了按額頭。看來，想要將小娘子娶回家，當真不是一件容易的事情。「不知，是文先來，還是武先來？」

秦睿笑了，帶了點不懷好意。「自然是文先來。一人一題一步，只要你能夠答出題目來，就可以前進一步，而後院中的那些護衛，只要你能夠過去，就可以去到小妹的門前了。」

呵，想要娶他們家的女子，可不是一件容易的事情。

「阿冉、阿冉！」方雨珍在門口看了一眼情況就往回跑，詳細地給秦冉描述了那個場面。「妳不知道，這攔人的場面也太大了，我有點擔心沈淵啊！」這未免也太嚇人了，將來要是她成婚的話，絕對不教人這樣為難阿清，她可是捨不得。

「什麼?!」秦冉帶了些焦急。「兄長不是說只是按照儀式為難一下嗎？為何現在擺了這樣大的陣仗啊？」

在文比上，秦冉根本就不擔心沈淵，他一定可以順利解決的，但是那麼多護衛，要是受傷了的話，心疼的人不還是她嗎？

孔昭伸手拍了拍秦冉的肩膀。「放心，做做樣子而已，畢竟是大喜的日子，不會動刀動槍傷了沈淵的。」最多就是皮肉傷。

孔昭笑得有些陰險，呵，她可沒有忘記是誰把阿冉給拐走了的，所以她才會同意秦睿的想法，找阿成借護衛，要好好教訓一番沈淵。

不過就像她所說的，畢竟是大喜的日子，不會讓他流血，不然也是不吉利。只是，教訓教訓他是一定要的。

「呼。」聽到只是做做樣子，秦冉可算是鬆了一口氣。但是她還是時不時地望向外面，眼底憂心不已。

聽著外面熱鬧的聲音，方雨珍實在是坐不住。「我出去瞧瞧，回來告訴妳們啊！」說著就跑出去了，孔昭都來不及喊人。

她無奈地嘆氣。這性子啊，總是這般跳脫，將來要是成婚，她必須坐在屋中等待，看她憋不憋得慌。

本以為沈淵一行人要許久才能夠到門前，可是沒想到，不到半個時辰，人就在門口了。此時，方雨珍跑了進來，雙頰紅撲撲的，激動不已。「阿冉，妳家沈淵簡直神了，不管是詩詞歌賦還是吟詩作對，文比上沒有一個人能夠攔得住沈淵。」

「真的嗎？」秦冉的雙眸晶亮，又帶了些可惜。「只是可惜我不能得見。然後呢？」

「然後就是那些護衛擺的陣啊，他在其中來去自如，瀟灑得很，那輕功當真是出神入化。因為是大喜日子，護衛們不能過分，再加上沈淵的動作實在是快，是以也很快就通過了。」方雨珍很是激動。「我都有點想要在成婚的時候來一套了。」

孔昭嘴角抽了抽。「妳若是怕阿清將妳娶走的話，大可以來一遍。莫要忘了，妳家中兄長們就已然夠凶殘了。」

她對沈淵和唐文清的態度是不一樣，歸根究底還是因為唐文清明顯是被方雨珍拐了。

「妳覺得，難道不是兄長們恨不得我趕緊嫁出門啊？」雖然方雨珍的兄長們是很疼愛她沒有錯，但是他們方家上下就沒有出一個像唐文清這樣的人才，所以，真的很難保證兄長們的態度。

孔昭無語。她就不該說話。

叩、叩、叩！秦冉的房門被敲響了。

「阿冉。」站在門口的人，是沈淵。

孔昭和方雨珍再不說話了，一個趕忙給她戴上紅蓋頭，一個將紅綢子的一端放在她手中。兩人扶著她，喜娘牽著紅綢子在前，房門被打開了。

沈淵終於見到他的小娘子，心中喜不自勝，面上笑意猶如春風般醉人。可惜被紅蓋頭蓋得嚴嚴實實的秦冉，卻是半點也沒有瞧見。

他上前一步，伸手接過了喜娘手中的紅綢子。「阿冉，我來了。」

紅蓋頭下的秦冉笑了。「嗯。」

沈淵的笑意加深。他牽著小娘子出了閨門，來到正堂向秦岩和柳氏告別。柳氏淚灑，她的阿冉啊，今日出嫁了，再不能留在身邊了。

秦岩也是眼眶泛紅。「淵兒啊，阿冉就交給你了。她還是小孩子脾性，若有做得不好的地方，你來告訴我，我來教她。」

最後一句話，秦岩沒有說明，沈淵卻是明白的。他拉了拉下襬，對著秦岩和柳氏跪了下來。似乎是心有靈犀，秦冉也是同時下跪的。

「這……」秦岩和柳氏想要上前將人扶起來，卻在看見沈淵的眼神時，止住了動作。

沈淵鄭重地說道：「岳父、岳母，小婿定會愛護阿冉一生。」他耗費心神才得來的阿冉，怎麼會捨得對她不好呢？

「爹爹、娘親，女兒拜別了。」秦冉對著秦岩和柳氏磕頭，淚珠掉在地上。她很高興嫁給沈淵，卻也難過要就此離開爹娘了。

「起來吧、起來吧！」柳氏的手帕按著眼角。「我們不求你們富貴榮華，只求你們平安喜樂。」

秦岩點頭。「夫人所言極是，起來吧！莫要……」他哽咽了片刻。「莫要誤了拜堂的良辰吉時。」

兩人起身，將要離開正堂的時候，秦睿站了出來。「我來送阿冉一程吧。」

沈淵點頭，退到了一邊。

秦睿上前，在秦冉的面前半蹲下來。「阿冉，上來。」

秦冉從紅蓋頭下看到了秦睿寬厚的背，趴了上去。「兄長。」

「阿冉，」秦睿揹著秦冉往外走。「將來若是過得不舒心了，只管回來。」

秦冉摟緊了秦睿的脖子。「阿冉知道，兄長一直都是最疼愛我的。」她一直記得秦睿從小就護著她和阿姊，也一直都是她的依靠。

秦睿眼眶一酸。他的阿冉今日就要嫁人了，想到將來阿婉也要出嫁，秦睿差點沒有掉幾滴男兒淚出來。她們自小就是他護著的，他怎麼會捨得。

「新娘登轎！」

秦冉坐在了轎子上，轎子往上一抬，從此就要走向新的一段路了。

第五十九章

「一拜天地，敬蒼天厚土，佳偶天成！二拜高堂，敬嚴父慈母，恩重如山！夫妻對拜，敬紅花並蒂，風雨同舟！」

從熙熙攘攘到一片安靜，坐在喜床上的秦冉還有點暈。

她這是已經和沈淵成婚了嗎？房中靜悄悄的，好像只有自己一樣。

杏月上前，輕聲說道：「二姑娘，姑爺他在前頭宴賓客呢，等到時辰差不多了，他便會來揭紅蓋頭。」

秦冉點點頭。「嗯，我知道。」

此時，橘月端了一碗小餛飩進來。「二姑娘，沈家的丫鬟端來了一碗小餛飩，說是讓您吃點。」

「正好，我早就餓了。」小餛飩的香味教秦冉不冉暈乎。這新娘子做得也太辛苦了，她只在早上的時候吃了一碗素麵，然後幾乎再沒有什麼東西吃了。

橘月上前將小餛飩端好了，笑著說道：「沈家的小丫鬟說了，這可是姑爺早就吩咐好的，一定要端來給姑娘。」

秦冉微微掀開紅蓋頭，用湯匙舀著小餛飩吃。她的眉梢眼角都是笑意，而這笑意從何而來，自是不必說。

一大碗的小餛飩下肚，秦冉才覺得自己舒服了些。她拍了拍自己的肚子，可算是滿足了。

杏月笑了。「姑爺可真是體貼姑娘呢。」

秦冉笑了，而後想到了什麼，說道：「妳們以後改了稱呼吧。」

杏月、橘月互看一眼，同聲說道：「是，少夫人。」

不知道過了多久，門外有腳步聲傳來。一人走了進來，走到了秦冉的面前，她從紅蓋頭下看見了那雙紅色的靴子。

「大少爺。」

「下去吧。」

「是。」杏月、橘月退出了房間，關上了房門。

那輕微的關門聲響，沒有由來地教秦冉微微嚇了一跳。她的心像是被什麼給抓緊了一樣，緊張著，自己也不知道是為了什麼。

「阿冉。」沈淵掀開了紅蓋頭，對著喜床上的人笑了。

秦冉抬眼看著他，也對著他笑。「沈淵。」她從未見過一身紅衣的沈淵，原本如皎皎明月的素雅君子，這一刻似乎變成了另一個人。他依舊好看，教人心神恍惚，可是這樣的沈淵卻讓秦冉有些害怕。

因為，這不是她所熟知的沈淵。在陌生的地方，看見這樣一個有些陌生的人，她如何能不害怕呢？

沈淵坐到了秦冉身邊。「剛才用了東西嗎？」

秦冉點點頭。「嗯。」他話語中熟悉的那些關切令她放鬆了下來。「小餛飩很好吃，和書院食堂的有些像呢。」

沈淵說道：「我叫府中的廚子去和食堂的廚子學了來的，妳喜歡就好。」他沒有說的是，這是他特意安排，並且還是花了人錢的。嶽山書院的廚子可是從御膳房出來的，若不是他們願意，是不會願意教人的。

他要讓秦冉在沈家過得舒心，這吃食是最為重要的。雖然沈淵知道那些美味的吃食她都喜歡，可是熟悉的味道才教人覺得安心。

雖然沈淵不說，秦冉卻不會不明白。「沈淵，謝謝你為我做的。」她不會說這些不應該做，因為這樣會讓他難過。她只需要接受他的好意而後還以情意，這就足夠了。

沈淵伸手拍了拍秦冉的頭。「這一身鳳冠霞帔看起來就很重，穿了一天也累了吧？叫人幫妳卸下來吧，我也去更衣。」他喝了酒，雖然沒有醉，身上的味道卻是不好聞。

其實他更想要自己幫忙卸，可是沈淵知道，她還是放不開，先教她放鬆放鬆也好，免得嚇到了。

「嗯。」秦冉點點頭。「我這就讓杏月、橘月進來幫我。」

沈淵站了起來，去到後面更換衣裳。這新房可是張氏特意將沈淵原本的院子改了的，隔壁屋子和這個主屋打通，改成浴池，很是方便。

於是，沈淵不僅僅是去更衣而已，還將身上的酒氣全都給洗掉了。

因為想著女兒家的東西比較繁瑣，他還特意晚些出來。正好，他見到秦冉穿著紅色的寢衣，坐在喜床上等著他。而杏月和橘月一看到沈淵出來就退了出去。

她們和院中的其他下人們不必守著門口，全都回去了自己屋中歇息。家中主人有沒有武功，對於下人的要求就很是不一樣了。

沈淵上前，坐在秦冉身邊。「累了嗎？」

秦冉老實地點頭。「有點。沈淵，你累了嗎？」

沈淵輕笑了一聲，伸手將人摟過來抱在懷中。「我的小阿冉，我的小娘子，妳現在是不是應該換一個稱呼了？」

「啊？」秦冉被沈淵突然的動作給驚住了，聽他這樣說才回過神來。「我、我該怎麼喚你？」

「例如，」沈淵靠近了秦冉，近到兩個人的呼吸似乎能相互交融一般。「夫君。小阿冉，喊一聲，嗯？」

熱氣攀上了秦冉的臉，臉頰泛紅，卻不知是因為自己，還是因為這滿屋子的紅色。她的雙眼望進了沈淵的雙眼，愣愣地說道：「夫君。」

沈淵揚唇。「我的小阿冉真是乖，那麼，似乎該給妳些獎勵……」最後兩個字幾乎是聲不可聞，因為已然被沈淵餵進了秦冉的唇齒之間。

他終於把他的小阿冉娶回來了，以後便可放在自己身邊，攬在自己懷中，再不能教她跑了。

漆黑的夜幕上掛著明亮的月牙，清冷的月光灑下來，照進了一片紅色的屋內。紅色的帳子早就放了下來，影影綽綽的，似乎看得見裡面纏繞在一起的人，又似乎看不見。

床帳微微晃動，蕩開的縫隙之中彷彿飄出了一點點的聲音，若有若無。

良久，院內院外，一切都歸於平靜。

秦冉從夢中迷迷糊糊地醒來，入目便是滿眼的紅。她的腦子還有些沒有反應過來，正想著自己的床什麼時候換了紅色帳子，明明之前就和杏月、橘月說過的，床帳要月白色的，看著才會舒服。

此時，一隻手臂伸了過來，摟著她的腰。「阿冉，醒了？」那個聲音是沈淵的聲音，就像往日一樣清朗悅耳，只是似乎又帶了些什麼不一樣的東西，教人耳朵覺得有些癢。

秦冉轉過頭看著沈淵，眨眨眼，再眨眨眼。她這才反應過來，自己昨日裡成親了，現在是在沈家，不是在秦家了。

「怎麼了，這樣看著我？」沈淵輕笑了一聲，聲音也變得更為低沈了些。「難道我有何不對的地方？」

秦冉什麼都想起來了，昨晚的一切全都湧入她的腦海之中。下一刻她抓著沈淵的手臂推開，抓著被子，整個人都躲了進去，除了頭髮，半點都沒有露在外面。

沈淵被秦冉的動作弄得一驚，看著鼓成了一個包的被子，登時就笑開了。他的小阿冉怎麼可以這般可愛啊，當真是讓他越發想要欺負她了。

他將人從被子裡挖了出來，笑看著她。「可是有何不對，讓妳都不想看見我了，嗯？」說是這般說，可是他眼中的笑意怎麼都掩飾不了。

只是秦冉的頭死死地低著，硬是不肯看他，便沒有發現自己新上任的夫君這般氣人。

沈淵抬起了秦冉的下巴，讓她不得不看著自己。「阿冉？」

秦冉往前一撲，掛在沈淵的身上，她的臉也埋在了他的胸膛上，硬是不肯對上他的眼睛。

啊！太丟人了啊！昨天晚上那個人是自己嗎？又是抓、又是咬的，還翻身在沈淵的身上欺負他，怎麼看都不像是自己。太丟臉了，不對，是臉都沒有才對！

嗚，她真的是沒有臉見他了。

沈淵終於忍不住笑了出來。天啊，阿冉怎麼就這般可愛呢？他想過了許多她醒來時可能會有的畫面，卻沒有想到是這個樣子的，當真是讓人越發地喜歡了。

「你笑我。」秦冉還躲在沈淵的懷中不肯出來，是以聲音有些悶悶的。

「沒有，我怎麼會笑娘子呢？」沈淵低頭，吻了吻秦冉的髮心。「我的小阿冉這般可憐可愛，我如何會笑妳？」

「可是，你剛剛分明就是笑了啊！」

沈淵哄著她說道：「那是我高興，高興我終於將妳娶回家了。」

秦冉抬起頭來看著他，眼底是滿滿的幽怨。「你覺得我很好騙嗎？」哼，這種鬼話，就連鬼都不會相信。她又不傻，才不會相信他呢，哼！「你分明就是在笑我啊。」

沈淵將人抱在了懷中，親暱地吻了吻她的眉心。「行，那妳說什麼就是什麼，好嗎？」

秦冉嘟著嘴，想要反駁卻又不知道該說些什麼。好氣哦，她這就被他給壓得死死的嗎？

「沈淵，我真的生氣了哦，我真的會生氣哦。」

「不對。」沈淵搖搖頭。「阿冉，妳錯了。」

「啊？」秦冉一頭霧水。「什麼錯了？」

「妳不應當這般喚我。」沈淵親了親秦冉的雙唇。「昨晚如何喊我的，可還記得？」

夫君。想到這個稱呼，還有昨晚被他哄著一聲聲地喊，秦冉的臉又紅了起來。

沈淵笑了。「看來，妳想起來了。」

在沈家的日子，秦冉過得很是自在。

她想像中可能出現的問題全都沒有出現，不過……秦冉轉頭看著沈淵，笑了。

她知道的，是因為他早就將可能出現的問題全都掃清了，所以，她才能夠在沈家過得這般自在。

沈淵上前，彎下腰來，吻了吻秦冉的唇。「莫要這麼看著我，我想，這般好的陽光，妳應當還是想要在屋外坐著的，對嗎？」他的聲音之中帶了點點的笑意，還帶了些別的意味。

秦冉紅著臉，微微瞪了沈淵一眼。「不理你了。」說著就轉過了身，埋頭看手上的律法書。

是的，哪怕是新婚，她依舊在讀書。這些書，還是作為嫁妝一起被抬過來的呢。

沈淵也不惱，他再次上前，坐在秦冉的身邊。「妳背到何處了，可要我講解？」

秦冉很想說不要，但是再一想，她為何要和自己過不去呢？而且既然是他惹了自己，那就更應該讓他償還一二才是。「要！」

沈淵笑了，伸手將人抱在懷中，在她的耳邊輕聲為她講解一條條律法，以及相對應的案子和判決，這樣的講解才能夠教秦冉記得更清楚牢固。

反正是免費的座椅墊子，秦冉也就不嫌棄了。她往後靠著沈淵的胸膛，聽著他的聲音，將那些律法認真記在腦中。

一旁的杏月和橘月不由得對視一眼。姑娘和姑爺新婚就一起讀書，未免也太努力了吧？但是想想姑娘這一年來的進步，似乎又覺得這是合乎常理的。再說，即便是讀書，姑娘和姑爺也沒有疏遠，還是很親近，所以，這應該是正常的？

於是，她們兩人只能默默地站在一邊，低著頭，彷彿自己裙角的繡花很是值得研究一樣。

白天的沈淵自然是再體貼不過，杏月、橘月都暗地裡說姑娘嫁對了人。她們之前還私下擔心過二姑娘，就算她們是丫鬟，但是齊大非偶的道理也還是懂得的，倒是沒有想到，姑爺這般疼惜人。

天真的兩個小丫鬟只看見了白天萬般體貼的沈淵，卻不知道夜晚的時候，秦冉需要承受多少。有好幾次，她都想要用天生神力將身上的人給掀翻了，教他知道自己的厲害。

可是，聽著沈淵在她的身邊一聲聲的娘子、阿冉地喊著，秦冉終究還是心軟。她那般喜歡他，怎麼捨得傷了他呢？

秦冉卻不知道，正是因為她的縱容，才教沈淵越來越過分。他想了許久的人就這樣乖巧地待在懷中，溫順地順從他，他自然無論如何都無法克制住自己。

當然，他也不想克制自己，好不容易娶回家的人，為何要克制呢？他不是聖人，面對自己鍾愛的女子，終究只是一個普通的男人而已。

三朝回門後，沈淵和秦冉就回到了嶽山書院上課了。他們不過是學生，可沒有什麼婚假，而且還要準備提前結業呢，不能對學業掉以輕心了。

只是，專心努力的只有秦冉，沈淵倒是滿腹哀怨。若不是想著他們早些結業才有時間在一起，怕是會更哀怨了。

第六十章

「阿雨，妳動作快些啊，我們要遲到了。」秦冉穿著一身黑色衣裳在寢室外面等，著急得不行，身邊的孔昭也穿著和她一樣的衣裳。

今日是嶽山書院的畢業典禮，她們這些結業的學生都穿著特製的畢業服，一身黑色顯得她們成熟穩重許多，尤其是向來清麗的秦冉，看著也很是端莊。

說起來真是不容易，秦冉拚死拚活地努力讀書，終於能夠結業了，而且還是和沈淵他們一起同一年結業。想起這一年的日子，秦冉都要哭了，她沒有想過自己能有這樣的潛力，當真是淚千行啊！

不過得到山長和夫子們的同意，得以結業後，秦冉心裡湧出來的自豪也是無可比擬的。誰能想到呢，當初那個誤打誤撞、天掉餡餅進入了嶽山書院的自己，不僅順利畢業，還是提前結業，實在是太不容易了。

秦冉想著，這就是所謂的奇蹟吧？當然，她的心裡明白，比起她的努力，沈淵的付出才是最多的。當初她對自己沒有信心，可是沈淵哄著她說反正就是陪著他一起，如果不過就不過，當作經驗。

秦冉被沈淵哄著哄著，也就答應下來了。她當時覺得他說得也沒有錯，若是沒有通過的話，也沒有什麼損失。雖然有些丟臉，但不是什麼大事。不管是當作陪沈淵一起，還是積累一下經驗，都是可以的。

從來就不是沈淵對手的秦冉就這樣被哄著上了賊船，決定一起提前參加結業考試了。而後就是地獄式的讀書、溫書來回循環。秦冉那段時間幾乎都是暈暈乎乎的，整個人雲裡霧裡，後來清醒的時候，就是宣布通過結業考試了。

高興、驕傲、自豪和不可思議盈滿了秦冉的心口，在方雨珍高興地衝上來抱住她的時候，她這才笑了出來，

她通過考試了，她畢業了！然後，就是繼續暈頭轉向了好幾天，暈到畢業服都做好了，秦冉才再次清醒。她穿著畢業服給沈淵看，笑著和他說自己的功勞有一半屬於他。

咳，雖然後來她被沈淵騙得一整天都沒能離開房間，但是她就是高興。

今日就是畢業典禮了，她們要去大堂參加典禮。秦冉和孔昭早就收拾好了，可是方雨珍還是磨磨蹭蹭的，老半天都沒有出來。

「來了、來了！」方雨珍急匆匆地從房中出來。「我的衣服有些小了。」她嘛著嘴，有點可憐的樣子。「這才不過幾天，就小了些。」

「嗯？」秦冉疑惑地看了看方雨珍。「很好啊，沒有小啊！」

「這裡，這裡小了。」方雨珍指了指自己的心口。「有點擠。」

秦冉的眼睛眨了眨，歪著頭說道：「是因為妳和阿清成婚了，所以這幾天才變大了嗎？」

方雨珍差點沒被秦冉噎死，她紅著臉跺著腳。「妳在胡說些什麼啦！」

一個月前，方雨珍終於遂了心願，嫁給了唐文清。那場婚禮也是京城少見的隆重，畢竟有盧紹成和沈淵給他做臉，怎麼可能會不隆重呢？

唐老爺還想著，雖然已經把唐文清過繼出去了，但是畢竟是自己的兒子，他應該請自己去主持婚禮才是。可是唐文清沒有請他，他自己要面子，也就不上門了，卻在其他場合說他如何不孝順。

只不過他之前為了自己前途不要兒子的事情，大家都知道，根本不相信他。

還有唐夫人，沒有想到唐文清竟然能夠娶到方家女兒，心中似火燒一樣。她甚至想著能不能將這一門婚事換給唐文海，可是方家甚至不讓她上門。

還有唐文海，見到唐文清離開唐家反而越過越好，就想著如何破壞這門婚事，讓他過不好。

可惜了，盧紹成為了兄弟的婚事可以順順利利，求到了明帝面前。明帝也是顧惜唐文清這個少年人才，乾脆傳了口諭給唐老爺，告訴他若是後宅不寧、教子不嚴的話，就不要當官了。

這讓最重視前途的唐老爺嚇得肝膽俱裂，直接奪了唐夫人的治家之權，關禁閉一個月，還將唐文海關起來讀書。唐家的人沒有出來吵鬧，唐文清的婚禮自然是順順利利。

雖然沒有沈淵那般令人震驚，卻也是津津樂道。婚後的生活，方雨珍可是自在了，唐文清疼她愛她甚之，除了讀書，什麼都由著她。

秦冉的話連孔昭聽了，也是不由得俏臉一紅。兩人看著秦冉的眼神都不太好，看著就是要撲上去的樣子。

「我哪裡胡說啦？」秦冉一臉茫然。「妳們成婚了以後，他那麼寵著妳，什麼都買給妳吃，妳可不就是胖了些嗎？我哪裡說錯了？」

方雨珍什麼都說不出來，她難道能說自己想錯了嗎？要是說出來，豈不就是自己想歪了嗎？

「咳！」孔昭也尷尬地咳了兩聲。「我們快些到大堂吧，典禮要開始了。」她也想歪了，但是這是不能說的，不然，她在兩人的面前就沒有任何威嚴了。

三人趕忙小跑出去，女子寢舍的外牆那裡站著三個人，正在等著她們。他們三人也是一身黑色畢業服，和她們身上的是一樣的顏色花紋，只是樣式有些不同，配飾也不同。

不過仔細看的話，可以看見有兩人的衣角有相同的金色繡紋，就是沈淵和孔昭的畢業服。倒不是因為別的，他們兩人是今年的首席畢業生，沈淵是乾字院的首席畢業生，孔昭是坤字院的。

三人各自走到了心上人面前，牽起了對方的手，十指交握。「走吧。」

結業以後，就是下一段旅程的開始了，他們需要開始為自己的人生負責了。是要經商還是要入朝，或者是要做別的事情，全都是他們自己做決定。

嶽山書院的其他人不知道要如何，但是沈淵幾人都是已經決定好了。

沈淵、秦冉、唐文清、盧紹成和孔昭都要考今年的秋闈，進入朝堂；至於方雨珍，她覺得自己的性子不適合朝堂，所以要做別的事情。她想要進入太醫院，卻不是為了皇宮服務的太醫院內院，而是給百姓們服務的外院。

這個分類也是當年開國長公主提議的，從魏朝開國至今一直存在，方雨珍喜歡那裡，決定去考太醫院。

六個人都有自己的目標，堅定不移地往前走。路漫漫其修遠兮，吾將上下而求索。年少的人，總是有很多勇氣追尋自己想要的東西，就算是失敗了，也不過是從頭再來而已。

從頭再來而已……個鬼啦！秦冉委屈想哭。

為什麼她會想要進入大理寺呢？真的是太難了。她專攻律法，搞得整個人暈乎乎的。嗚嗚，怎麼可以這麼難呀！

哭唧唧的秦冉看起來委委屈屈的，真的是好不可憐。

沈淵從後摟住了秦冉，笑著吻了吻她的髮心，問道：「想哭了？」

「才沒有呢。」秦冉抽了抽鼻子，假裝自己的眼眶並沒有酸酸的。「我才沒有要哭呢，哼。」

沈淵輕笑了一聲。「其實哭了也不錯。」

「啊？」秦冉滿眼茫然，仰頭看著沈淵。「為什麼啊？」

「因為很像我們剛剛相遇的時候啊。」沈淵繼續笑著。「妳那個時候真是可愛啊，為了一張卷子哭得那般可憐。」

秦冉生氣了，恨恨地瞪著沈淵，一臉的不滿。

沈淵揚唇，而後將人打橫抱起。「沒有關係，我想我們可以用別的方式重溫當時的場景，雖然不能一模一樣，但是我認為也挺好的。」

「才不好！」秦冉掙扎著從沈淵懷中下來。「我不要，我還要讀書呢，我的時間不多了。」

沈淵笑著將人放了下來，說道：「現在不沮喪了？嗯？」

「我才沒有沮喪呢！」秦冉雙手扠腰，一臉的驕傲自豪。「我可是很厲害的，我都能夠從嶽山書院提前結業，還有什麼不可以的？你不要打擾我啦！」

大壞蛋，就知道他沒安好心。

沈淵卻是溫柔地看著秦冉。「好，我的小阿冉當然是最最厲害的。」她其實都沒有發現自己變了，變得更加自信了。她可不是當初那個躲在樹下哭泣的小可憐，也不是那個對自己沒有自信的小可憐了。

沈淵笑得越發溫柔起來，這可是他辛苦的成果。

秦冉抬頭就見沈淵的溫柔笑意，知道他是在鼓勵她，雖然方式奇怪了些。她上前，踮起腳尖親了親沈淵的唇，笑著說道：「夫君，我心悅你，今生今世，永生永世，絕不相忘。」

沈淵低頭，吻了吻她的眉心。「吾心亦是如此。」

她溫暖了他，他成全了她。他們相遇就是最美的篇章，現在是，以後是，一直一直都是。

原本以為，他們六人可以按照自己的心意活著，誰知道世事多變，蠻族和魏朝開戰了。

由於魏朝對於蠻族草原實施的那些計劃，如今蠻族，尤其是那些大貴族和底下的人，幾乎都已經不養戰馬了，養羊和肉牛就能夠賺回來許多銀錢，為何要去辛辛苦苦地養戰馬呢？

要知道，每一匹戰馬需要投入許多心血，哪裡像是養羊和養牛，不僅操心少，而且掙錢多，他們哪裡會不願意呢？就算蠻族王下令不許和魏朝交易，也是沒有用的，因為大貴族們沒有完全受制於蠻族王，他的命令沒那麼有用。

只是蠻族王卻是不肯認輸。他是有遠見的，知道要是再繼續這樣下去，蠻族草原就會成為魏朝的牧場了。那群目光短淺的大貴族們不肯聽命令，但是他卻不能夠讓草原成為魏朝的牧場。

於是，蠻族王孤注一擲，將自己所有的兵力投入和魏朝開戰了。

雖然魏朝一直都很忌憚蠻族，但是因為牧場計劃，已經沒有以前那麼嚴防死守了；再加上福省海邊有海賊入侵之害，西南還有異族想要起亂，魏朝的兵力是比較傾向南方的。

於是，北境戰事一爆發，魏朝就吃虧了。

兵力還好說，將領卻是沒有辦法隨意調派。南邊的戰事也不能夠罷手不管，否則也是後患無窮。朝中年輕的將領幾乎都派在南邊，朝中除了老將，就是沒有任何領兵經驗、剛從嶽山書院畢業的學生。

老將雖然請命，可若是手底下沒有其他人可用，難道要讓老將的性命就這樣丟在戰場上？

此時，盧紹成請命前往北境。明帝的臉色當場就變了，根本不同意。

盧紹成在御書房外跪了兩天兩夜，明帝終究拗不過他，只能點頭。明帝心中清楚，盧紹成是最好的人選，因為他是盧家人，不管是對北境將士還是蠻族，都是至關重要的。

之前是因為私心，不願意盧紹成涉險。可是盧紹成如此執著，他拗不過他，只願他能夠平安回來。

戰事在即，盧紹成和孔昭原本定好的婚禮也要延期了。

盧紹成沒有什麼後悔的，只是後悔對不起孔昭。

「若是我回不來了，我們婚事便作罷。」盧紹成笑著說：「我和皇帝叔叔說好了，不會教妳為難的。」他其實還是有些慶幸，慶幸尚未和阿昭成婚，她不必成為第二個祖母，第二個娘親。

孔昭上前，狠狠地給了盧紹成的腹部一拳。「你請戰一事早就和我商量過，我也同意了，現在居然說什麼婚事作罷？誰要等你！」說罷，她就轉身離開，乾脆得很。

盧紹成雙手捂著肚子，苦笑不已。

盧家祖母和盧夫人一開始是不願意的，他們盧家就剩阿成這麼一個血脈了，要是上了戰場，若是回不來，她們要如何是好？

「可是，那些將士裡面也有獨子啊。」盧紹成的笑容依舊燦爛。「而且，我是盧家兒郎，永遠不會後退。」

那一瞬間，盧家祖母和盧夫人就像是回到了十幾年前，看到了當年出征的盧家父子一樣。她們終究沒有繼續阻止，盧家兒郎，怎麼能夠看著國家有難卻袖手旁觀呢？

離開京城的那一日，許多人來送盧紹成，甚至明帝都親自來了城門。可是，盧紹成卻沒有看到孔昭，他心想，她是當真生氣了，氣他自作主張。

帶著失落，盧紹成離開了京城，和老將一起前往北境。這一次，他一定要拿回蠻族王的首級祭奠祖父、父親和叔父。若是不幸……

盧紹成笑笑，翻身上馬，再不回頭。

秦冉靠著沈淵，看著盧紹成漸行漸遠。「沈淵，他是在等阿昭，對吧？」

沈淵點頭。「可是他自作主張，惹惱了她。」

方雨珍無奈。「他們兩人成婚怎麼就這麼難啊？」

唐文清拍了拍方雨珍的肩膀，說道：「好事多磨，等到阿成回來，他們就可以成婚了。」

沈淵卻是微微揚眉。「也許，回來是補辦婚禮呢！」

「嗯？」其餘三人將目光投向了沈淵。他是不是知道些什麼他們不知道的事情啊？

沈淵笑而不語。

都說三軍未動，糧草先行，糧草一事對於戰事的重要自是不必言明。

盧紹成到了北境的時候，第一件事情就是和押送糧草的先頭部隊交接。

只是，他看著那個和自己交接糧草的人，喉嚨梗住，似乎無法言語了。眼神交會，他明白了一切。

孔昭抬眼看著他。「盧將軍，還請和屬下交接。」

「妳……阿昭，妳怎麼來了？」盧紹成震驚不已。

孔昭笑了。「盧將軍，請交接。」

北境又如何呢？他來得，她也來得。

盧紹成上前一把抱住了孔昭，心想，他是最受眷顧的人了。

後來，果然如同沈淵所說的。這京城中的婚禮，只能算是盧紹成和孔昭補辦的了，因為他們在打敗蠻族的那一天，就在北境將士們和百姓們的恭賀下拜堂了。

該說，不愧是算無遺策的沈淵嗎？

不管是誰，勇敢向前，總會找到屬於自己的幸福。

——全書完

2021年1月出版

敦妻睦鄰

文創風 918～920

這男人身姿挺拔，整個人如一柄出鞘的利刃，鋒芒畢露，
雖然他刻意收斂了，但周身那股凜冽的氣勢還是讓外人忍不住心顫，
不過在她面前，他只有乖乖任她使喚的分，她對他可是半點懼意皆無，
他上得了戰場、下得了廚房，提得起重劍又拿得住菜刀，
唔，真不愧是她看上的男人，實在迷人啊……

情不知所起，一往而深／君回

穿越就算了，不說當個皇子、公主，怎麼也得是個可人疼的無憂小姑娘吧？
結果呢，成為一個未婚懷孕，還帶球遠離家園、生了個兒子的國公府嫡小姐？!
偏偏原主的記憶容妤只接收了一半，壓根兒不記得孩子是怎麼懷上的，
但眼下她得先肩負起為娘的重責大任，養家活口才行，總不能坐吃山空吧？
就不信了，她有手有腳的，難道還會餓死自己跟一個三歲小萌娃？
她平生有兩大愛好，美食與顏控，穿來前她可是拿過國際美食大賽冠軍的，
做吃食她極有自信，因此，她打算重拾老本行，先賣早點試試水溫，
果然天無絕人之路，她的食肆每天大排長龍，名聲一下子就傳開了，
這不，連她家隔壁新搬來的鄰居殷玠都一試成主顧，巴巴地黏著她不放，
他還說要娶她，甚至保證此生只有小萌娃一子！她是遇上了好男人沒錯吧？
錯了錯了，她發現自己錯得離譜！搞半天他不是啥富商，人家是堂堂王爺，
他也不是什麼好男人，他就是孩子的渣爹，而且他早知她的國公女身分！
敢情他名為敦親睦鄰，說什麼多愛她、想娶她這個鄰居當妻子都是假的，
實際上他這番深情操作只是為了讓她卸下心防，以便把孩子搶回去？
哼，以為是皇親國戚她就怕了嗎？孩子是她生的，她死都不會讓給他！

2021年1月出版

巧匠不婉約

文創風 916～917

想到高門大戶得遵守的繁文縟節，
她就覺得身在農家，也是一種幸運。

一技在身，不怕真情難得／賀思旖

一睜眼，她穿成了個小農女「薛婉」，還遇到了大危機。
原身爹被人下了套，欠下賭債還不清，只得向奶奶求助，
可奶奶分明存款頗豐，居然想直接賣了親孫女還債！
以致薛婉寧可自殺，也不願被賣進富戶，可見那高門內的凶險。
穿越後的她憑藉上輩子的機械設計專業，加上好運氣，
幫助一位貴公子做出彈簧為馬車避震，賺足了還債的銀子。
度過緊急事件，她與母親商量著演了一齣和離戲碼，
順利地讓家裡能作主的爺爺發話，成功地分家單過。
分家後的生活舒適，不過日常開銷就成了接下來的問題。
為了自己與弟弟成長期的營養，以及弟弟上學堂的束脩，
她趁著春耕時，磨著有木匠手藝的父親幫忙改造出新犁，
打算在縣裡的大木匠鋪賣個好價錢，用以補貼家用。
好巧不巧，這舖子的少東家竟就是那位貴公子——陸桓。
「此物精妙，不知薛姑娘師承何人？」他微笑著問。
「只是碰巧看過幾本雜書啦！」連兩次遇上同一個人，她孬了。
這人不只是少東家，還是縣老爺的兒子，她可不想露出馬腳……

2021年1月出版

安太座

文創風 914~915

眾人皆知過年安太歲為的是祈求來年平安、事事順利，
殊不知，安太座對一個男人來說，重要性可是不相上下的，
這部分，她就不得不稱讚一下自己的夫君了，
畢竟他可是把整個人都給了她，娘子說的話對他而言那就是聖旨，
因此即便他對經商一竅不通，是世人眼中的敗家子，那又如何？

芙蓉不及美人妝，水殿風來珠翠香／月小檀

棠槿孅已經快兩天沒有吃過東西了，此前她何曾遭受過這種罪？
好不容易夫君得了個饅頭給她，結果她卻因狼吞虎嚥，活活給噎死了?!
死前一刻，腦中唯一的想法便是，她絕對不要再嫁給這不可靠的傢伙！
豈料上天雖然再給了她一次機會，但她只重生回到幾個月前而已啊！
生為富商的獨生女，嫁的又是富商獨子，她理應三輩子也吃喝不完才是，
偏偏她的夫君穆子訓打小嬌生慣養，公婆又太過溺愛，事事順著他，
於是公公驟逝後，不懂經商、甚至連帳本都看不懂的他，漸把家產敗光，
老實說，重生後的她不是沒想過離開他，再找個家境好點的男人嫁掉，
但嫁給他這麼多年來，他對她是真的好，就連沒有子嗣，他也毫無怨言，
有情郎難得，她既不忍離了他，看來養家活口的擔子只能自己挑起來了！
幸好她讓下田他就扛起鋤頭，叫他考功名他二話不說立即發奮苦讀，
況且眼下不是還有她嗎？她腦子轉得快，深知自古以來女人的錢最好賺，
於是，她開了間專賣胭脂水粉的店鋪「美人妝」，生意果然大好，
所以夫君只要繼續疼她、寵她、尊重她，其他鶯鶯燕燕皆不入眼她便足矣，
至於重振家業這種小事就交給她吧，她定會讓所有冷嘲熱諷的人閉上嘴！

2020年12月出版

廚娘的美味人生

文創風 912～913

一點甜蜜，一點酸澀，
適量笑容，少許淚水，
佐以很多幸福，
烹製出屬於他們的美味人生——

有愛美食不孤單／梅南衫

如果人生能重來，何葉想回到父母發生意外前，
但一陣暈眩後睜開眼，人生是重來了，卻不是自己的人生。
她還是叫何葉，卻成為業朝當代第一酒樓大廚的女兒，
不過整天待在房裡繡花、看話本，人生也太過無趣，
為了爭取到酒樓工作的機會，她先是開發以水果入菜的創意料理，
又提議酒樓舉辦廚藝競賽，開放顧客評分，刺激消費，
但父親不肯讓她參賽，何葉決定女扮男裝，偷偷報名，
沒想到那個幾乎天天到酒樓報到的貴公子江出雲，
一眼就看出她的彆腳偽裝，可他不但沒有拆穿，
還幫她向父親説項，讓她順利成為酒樓學徒。
本以為幫著父親研發新菜色，隨著父親受邀四處辦筵席，
就是她小廚娘生活的全部了，
沒想到奉旨進宮籌辦御宴，竟捲入宮廷鬥爭中——

學渣大逆襲 下

國家圖書館出版品預行編目資料

學渣大逆襲／鍾心著. --
初版. -- 臺北市：狗屋出版社有限公司, 2021.02
冊； 公分. --（文創風）
ISBN 978-986-509-188-0（下冊：平裝）. --

857.7 109021490

著作者	鍾心
編輯	張蕙芸
校對	沈毓萍
發行所	狗屋出版社有限公司
地址	台北市104中山區龍江路71巷15號1樓
電話	02-2776-5889～0
發行字號	局版台業字845號
法律顧問	蕭雄淋律師
總經銷	知遠文化事業有限公司
電話	02-2664-8800
初版	2021年2月
國際書碼	ISBN-13 978-986-509-188-0

本著作物由北京晉江原創網絡科技有限公司授權出版

定價260元
狗屋劃撥帳號：19001626
網址：love.doghouse.com.tw E-mail：love@doghouse.com.tw